KB078443

내일은 멍때리기

내일은 멍때리기

읍쓰양 글·그림

살림

추천의 글

여행 프로그램 PD가 세상에서 가장 하고 싶은 일이 바로 여행이다. 남들이 여행가고 싶게 만드는 프로그램을 만드느라 그들은 제대로 된 여행을 할 시간이 없다. 〈멍때리기 대회〉의 창시자 웁쓰양도 그런 면에선 비슷하다. 온갖 재미난 일들을 상상하고 실행에 옮기느라 정작 그녀는 멍때릴 시간이 없다. 각 잡힌 과체중으로 넘어가기 직전의 다이어트처럼, 웁쓰양 작가는 자신을 포함한 세계를 절박하게 멈춰 세운다. 〈멍때리기 대회〉라는 기상천외한 방법을 통해. 이 대회가 전 세계를 멍때리게 만들 동안, 그녀도 한숨 돌릴 수 있을 것 같다고? 속았지롱! 우리를 다 멍때리게 해놓고 그녀는 다음 재미거리를 찾아 질주하는 중이다! 이 책은 다음 벌어질 재미있는 일을 기대하는 사람들을 위한 단톡방이나 마찬가지다. 알림은 켜두시길. 언제 다음 놀이판이 펼쳐질지 모르니까.

_탁재형PD(여행팟캐스트 〈탁PD의 여행수다〉 진행자)

"전 하루 종일 실험만 했는데요!" "자네 문제가 바로 그거야. 그렇게 바빠서야 무슨 아이디어가 떠오르겠는가! 제발 멍한 시간을 가져보게나. 멀리 초록색을 쳐다보라고!" 유학을 마치고 돌아올 때 옆방 교수님이 내게 해주신 말이다. 하지만 나는 여전히 바쁘다. 외계인 아티스트 웁쓰양의 책이 내게 새로운 전기가 되기 바란다. 멍때리기가 나를 자유케 하리라!

_이정모(국립과천과학관장)

누가 내게 행복한 삶의 형태를 묻는다면 하고 싶은 것을 하나씩 현실화하며 사는 삶이라고 말하고 싶다. 나아가 대단한 삶의 형태를 묻는다면 캐릭터가 다양한 삶이라고 말하고 싶다. 웁쓰양은 그런 의미에서 매우 행복하고 대단한 사람이다. 나는 그녀가 만든 〈멍때리기 대회〉의 초창기 팬 중 하나인데, 그녀 덕분에 일상에서 '멍때리는 기술'을 늘려갈 수 있었다. 멍을 때리는 것만으로도 우리는 보다 느슨해지고, 나태함의 행복을 느낄 수 있다.
난 화가로서의 거침없는 웁쓰양도 좋아한다. 하지만 그녀의 오랜 부캐릭터가 세상을 조금씩 바꾸는 '예술 기획자'인 것은 존경한다.
그녀의 내밀한 이야기가 더욱 많은 사람에게 전달되기 바라면서.
오늘도, 내일도 멍때리기

_이소영(소통하는 그림연구소 대표, 미술에세이스트)

이메일 한 통이 와 있었다. 아티스트의 에세이를 기획하고 있다는 출판사의 연락이었다. 조금 의아해서 바로 나의 전화번호를 답변으로 보냈고 얼마 뒤 메일을 보낸 담당자와 통화를 하게 되었다.

"대중들은 〈멍때리기 대회〉는 알지만 그걸 만든 사람에 대해서는 잘 모르잖아요. 다른 사람들도 저처럼 〈멍때리기 대회〉 같은 엉뚱한 걸 만든 사람은 대체 어떤 사람일지 궁금할 거라고 생각해요."

궁금할 수야 있지만, 뭐 대단한 인생을 살아온 것도 아닌데 쓸 이야기가 있을까 싶었다. 선뜻 하겠다는 말도 못 하고 우선 만나서 얘기를 해보기로 했다. 첫 미팅을 하면서 결국 해보겠다고 말을 뱉었다. 이런 대형 출판사가 연락을 했을 땐 그만한 이유가 있지 않을까 생각하면서 말이다. 물론, 출판사도 똑같은 생각을 했을지 모른다. 이런 기막힌 기획을 한 사람이라면 뭔가 대단한 이야기가 있지 않을까 하고.

　머지않아 후회가 밀려왔다. 스트레스가 쌓이기 시작했다. 글과 그림은 너무도 달랐다. 그림으로 자화상을 그리면 비록 내 얼굴을 그렸지만 하나의 작품으로 읽힌다. 저벽에 내 얼굴이 걸려 있다고 창피하거나 민망해지지는 않는다. 그런데 활자는 달랐다. 글을 쓰면 쓸수록 발가벗겨지는 기분이 들었다. 창피해서 자꾸 어딘가로 숨고 싶었지만 숨을 곳이 없었다. 진짜 하려는 말은 숨기고, 창피한 건 다 걷어내고 나니 뜬구름 잡는 소리만 써대고 있었다.

　'내가 미쳤지. 왜 하겠다고 했을까? 남의 출판사 말아먹을 일 있나? 인생 최대의 흑역사가 되는 건 아닐까? 누가 이런 책을 읽을까? 내 인생이 뭐가 있기는 한가?' 겁이 덜 컥 났다. 한 줄 써놓고 망설이고, 또 한 줄 써놓고 망설이고. 도무지 자신이 없을 땐 주변 지인들에게 날것의 문장을 보여주며 어떤지 의견을 묻는 것으로 안일한 자위를 하곤 했다. 그것도 잠깐이지. 누가 긴 글을 계속 읽고 매번 의견을 내줄 것이며, 또 고작 몇 번의 피드백을 받았다고 갑자기 좋아질 리도 없었다. 글은 점점 느려지고, 미뤄지고, 바쁜 일이 생기면 핑계 삼아 잠시 잊기도 하면서 시간을 잘도 흘려보냈다.

글을 쓰고 지우기를 반복하다가 어차피 시각 예술을 하는 사람이 글을 잘 쓰겠다고 고민을 하는 것 자체가 욕심이라는 생각이 들기 시작했다. 궁지에 몰리니 갑자기 자기 성찰을 시작한 것이다.

소설이 구상화라면, 시는 추상화고, 에세이는 드로잉 같다. 가볍게 리듬을 타듯이 편안하게 드로잉을 했던 것처럼 글을 써보기로 했다. '맞아, 드로잉은 부담없이 할 수 있잖아.' 사실 출판사에서는 기대도 안 했을 '잘 쓴 글'에 대한 압박은 혼자서 만든 것이었다. 오히려 진솔한 이야기를 쓰면 되는 거였는데 그 부분은 생각도 않고 애초에 가당치도 않은 '좋은 글' 쓰기에 집착했던 것이다. 물론 진솔한 글쓰기 역시 만만한 문제는 아니지만 내게는 근사한 문장을 만드는 것보다는 조금 쉬워 보였다. 그리고 가능한 그 가까이 다가가려고 애쓰며 글을 써나갔다. 카페에서 커피와 케이크를 먹으면서 듣기에 편안한 음악처럼, 대단할 것도 없는 겁쟁이의 소소한 이야기를 들려드리겠다.

평소 나 자신을 가장 '보통의 인간'으로 생각하고 있고, 세상에 대해 느끼는 감정과 생각들이 많은 사람들의 그것과 비슷하다고 여기다 보니 개인적인 감정과 생각을 끄집어내 작업을 할 때 내가 예견하는 것은 '오, 나도 저렇게 생각한 적 있는데'라는 사람들의 반응이다.

다시 조금 더 솔직하게 말하겠다. 〈멍때리기 대회〉가 가진 독창적이고 통찰력 있는 시대 해석과는 별개로 이 책은 보편적인 생각을 가진 한 작가가 세상을 마주하면서 자기 자신을 어떻게 관찰하고 있는지 표현하는 이야기가 될 것이다. 그중에서도 〈멍때리기 대회〉를 만들기 전과 후, 그 과정 속에서 이런저런 변화를 겪으며 세상을 어떻게 해석하고, 스스로를 발견해나가는지 가장 보통의 시각으로 얘기하려 한다.

2021년 10월

'웁쓰양' 김진아

차례

제장. 외계인 웁쓰양

구슬

중학생 시절 나의 가장 큰 보물은 책상 서랍에 고이 모셔둔 푸른 구슬이었다. 어디에서 가져온 건지 별 기억은 없다. 그냥 언젠가부터 내게 있었다. 하루의 낙은 밤에 책상에 붙어 있는 독서 스탠드 가까이 구슬을 가져가 빛을 투영시켜 구슬 안의 작은 우주를 감상하는 거였다.

감상법은 이렇다. 우선 구슬을 눈에 최대한 가까이 가져간다. 그러면 초점이 맞지 않아 뿌연 푸른 빛덩어리로 보이는데 그 빛을 감상하다가 서서히 구슬을 눈에서 떼어 독서등과 적당한 거리를 만든다. 그러면 구슬 안에 작은 무늬들과 알록달록한 색깔들이 선명하게 보이고 마침내 거대한 은하계가 모습을 드러낸다. 그 상태로 한참을 들여다보고 있으면 어느새 그 안을 유영하게 된다.

실제로 이런 감각이 너무 선명해 어떤 날은 유영을 하다가 우주의 크기에 압도당해 멀미를 하고 돌아오기도 했다. 부모님이 심하게 다투는 날은 특히 우주여행을 하기에 최적이었다. 높아지는 언성과 두 사람이 옥신각신하며 서로를 밀치고 당기는 소리, 무언가 깨지는 소리, 비명소리,

서로를 향한 날카로운 말들. 그런 소리를 듣다 보면 아무리 내가 외계인이고 저들을 관찰하는 임무를 부여받았다지만, 공포와 불안을 완전히 떨치기는 어려웠다.

진흙처럼 잡아당기는 거실 바닥을 어색하게 디디며 내 방으로 들어와 조용히 문을 잠그고, 책상에 머리를 처박고 울다가 슬그머니 서랍 속 구슬을 꺼냈다. 미처 눈에서 떨어지지 않은 눈물은 독서등 불빛에 또 한 번 반사되어 구슬을 더없이 영롱하게 빛나도록 했다. 그런 날은 더 멀리 다녀왔다. 길을 잃고 영원히 돌아오지 못할 만큼, 아주 멀리.

동생

내가 우주여행을 할 수 있다는 사실을 아는 유일한 사람은 바로 네 살 터울 동생이었다. 네 살 차이가 나는데도 위로 두 살 터울인 언니보다 잘 통했다. 아주 어릴 땐 둘이 같은 방을 썼는데, 밤마다 우리는 이불을 방바닥 전체에다 깔아놓고 미니 운동회를 하곤 했다. 잠옷을 입고 보송한 이불 위에 장애물들을 설치해 달리고 구르며 뛰어 놀기도 하고, 옷장 속의 모든 옷을 꺼내어 잠옷 안에 꽉꽉 집어넣고 몸싸움을 하기도 했다.

너무 쿵쿵 뛰던 날이면 아래층에서 자고 있던 엄마가 올라와 이제 그만 자라고 꾸중한 뒤 내려가셨고, 우린 다시 살금살금 운동회를 하다 웃음이 터져 깔깔대다 지쳐 잠드는 일도 많았다. 좀 더 커서는 언니답게 종이 인형을 직접 만들어주곤 했다. 동생은 문방구에서 파는 종이 인형보다 내가 만들어준 것을 더 좋아했고 친구들에게도 자랑했다. 우리는 정말 서로에게 좋은 친구였다. 친구보다도 동생과 노는 게 좋았다. 나는 동생이 정말 좋았다.

"언니, 정말 우주에 갈 거야? 떠날 거야?"

"응. 돌아가야 해."

"언제?"

"내가 스무 살이 되면."

"거기에 가서도 우리 잊지 마."

동생은 내가 언젠가 우주로 떠날 사람이라는 것을 아는 유일한 사람이기도 했다.

"너 왜 요새 언니랑 말 잘 안 해?"

언제부터인가 학교에서 돌아오면 늘 먼저 와 있던 동생은 집에 없기 일쑤였고, 함께 노는 시간도, 대화도 줄어들었다. 자기 친구들과 노는 시간이 늘어난 것이다. 5학년이 된 동생은 사춘기가 시작된 것 같았다. 서운함이 쌓이다 터져서 한번은 치고받고 싸웠다. "나에게 너는 그냥 동생이 아니야. 가장 소중한 친구야! 나는 너를 동생으로 대한 적이 없어. 너도 알잖아!"

동생은 왜 자기 친구들과 노는 것으로 언니가 화를 내는지 이해하기 어려운 표정을 짓고 있었다. 어쩌면 동생은 언젠가부터 내가 우주로 가지 못할 것을 알아차린 것인지도 모른다. 그래서 안심하고 자기 세계에 충실했을 것이다. 이후 동생은 격렬한 사춘기를 보내기 시작했고, 우리는 점점 더 대화를 하지 않았다. 친한 친구를 잃었다.

언니

두 살 터울인 언니는 어렸을 때부터 나와 대화를 한 적이 별로 없는 사람이었다. 나는 언니와 내가 열 살 이상 차이가 나는 줄 알았다. 중학생이 된 언니는 내 눈엔 이미 대학생처럼 보였다. 언니는 조숙한 사람이었다. 외계인인 둘째와 대화를 나누기엔 그녀는 너무 현실 속 어른이었다.

아침마다 앞머리에 스프레이를 뿌려대는 통에 주위 사람들을 켁켁거리게 만들고, 당시 유행하던 게스 청재킷과 미치코 런던 티셔츠 같은 비싼 옷들을 차려입고 학교에 가는 날이면 어김없이 밤늦게 귀가하곤 했다. 엄마, 아빠가 모임으로 집을 비우면 날라리 같은 친구들이 우리 집 거실을 독차지 했는데, 그중에는 남학생들도 여럿 있었다.

나는 중학생이 되면 다들 남자 친구도 사귀고 결혼도 할 정도로 어른이 되는 건 줄 알았다. 언니가 임신을 했다고 해도 그 나이 때는 다 그래도 되는 줄 알았을 것이다. 언니는 그런 존재였다. 어렵고 무서웠다. 실제로 그녀는 온몸으로 사춘기를 보냈고, 걸핏하면 가출하겠다는 소리를 달고 살았다. 정말 집을 나간 적도 있어서 부모님이 경찰에 실종 신고를 해 온 동네가 떠들썩했던 일도 있었다.
꽤나 정열적인 사람이었다.

"야. 너네 내 욕했지?"

동생에게 귓속말을 하는 걸 본 언니가 갑자기 화를 내기 시작했다. 보통 어린애들은 별거 아닌 말도 귓속말로 하길 좋아하지 않나. 나도 그냥 별말도 아닌 얘기를 동생에게 귓속말로 했을 뿐이었다. 글쎄, 뭐 "이따 라면 끓여 먹을까?" 같은 이야기였을 거다. 그런데 왜 우리 방에 와서 또 시비란 말인가.

"너네 만날 둘이 붙어서 나만 따돌리고. 내가 모를 줄 알아? 이놈의 집 나갈 거야."

이미 매우 빈번히 집 밖으로 나가면서 뭘 또 나가겠다는 건지. 게다가 누가 누굴 따돌렸다는 말인가. 정작 본인이야말로 밖에서 신나게 놀고 집에서는 나와 동생한테 겁이나 주면서 말이다.

"언니 욕한 거 아냐. 다른 얘기한 거야."

언니는 말대꾸한 동생을 때리려고 달려들었다. 나는 본

능적으로 언니를 막았고 방 한복판에서 언니와 처음으로 일대일 대치를 하게 되었다. 빼빼 말랐지만 나보다 힘도 세고 키도 큰 언니는 벌겋게 달아오른 얼굴로 나를 쏘아보았다. 나는 심장이 터질 것 같았지만 눈을 피하지는 않았다.

짝!!! 언니가 나의 뺨을 갈겼다.

짝!!! 나도 언니의 뺨을 때렸다. 정적이 흘렀다. 있을 수 없는 일이 벌어졌다. 한 번도 언니한테 대든 적이 없었다. 언니의 뺨을 때린 내 오른손은 허리 아래에서 벌벌 떨고 있었다. 언니는 그런 나를 빤히 쳐다보더니 "야, 너 다 컸다?"라는 말을 하고 방을 나갔다. 80년대 하이틴 영화에서나 나올 법한 대사 같지만 정말 그렇게 말했다. 겁에 질려 긴장했던 마음이 한순간에 풀어지자 나는 그 자리에 주저앉았다. 언니를 때린 미안함과 맞을 일을 하지 않았다는 억울함이 밀려와 주체할 수 없이 눈물이 쏟아졌다. 눈물 콧물이 범벅된 채 화장실로 갔다. 코를 풀며 세수를 하면서도 꺼이꺼이 우는 소리는 멈추지 않았다. 하도 울어서 눈앞에 비누도 잘 보이지 않았다. 더듬거리며 비누를 찾아

허우적대는 손을 보니 더 서러움이 밀려왔다.

그때 화장실 문이 벌컥 열리고 수건 한 장이 날아왔다. 언니였다. 나는 그 수건에 얼굴을 파묻고 "언니 미안해"를 몇 번이고 반복하며 또 울었다. 왜 저 사람은 멋있는 것인가. 자신의 뺨을 때린 동생에게 화를 내고 더 난리를 칠 줄 알았던 언니가 너무 의연하게 나를 대하는 것이 또 그렇게 고마워서 엉엉 울었다.

그 이후 언니는 나를 때린 적이 없었다.

나에게도 사춘기가 오고 있었다.

우정

늦은 시각, 수학 경시대회 준비반 수업까지 마치고 노을이 지는 운동장을 가장 친한 친구와 가로질러 버스 정류장으로 향했다. 버스 정류장에 도착해 무거운 책가방 때문에 목을 앞으로 쭉 뺀 채 수학을 싫어하는 내가 대체 왜 그 반에 들어가 있는지, 선생님들은 그게 왜 안 보이는 건지 의문스러워하며 망친 시험을 곱씹고 있던 참이었다.

버스는 올 생각이 없어 보였지만 친구와 함께 기다리는 건 지루하지 않았다.

"별이 떠 있네. 너무 아름답다."

습관처럼 하늘을 올려다보며 저녁 하늘에 하나둘 보이는 별을 보며 말했다. 그러자 옆에 친구가 말했다.

"너를 이해하지 못해서 너무 힘들어."

가장 친한 친구였던 그녀는 선생님들에게도 눈치 보지 않고 바른말을 잘해서 친구들 사이에 인기가 좋은 의리파였다. 감히 내가 따라할 수 없는 용감하고 똑똑한 멋진 친구였다. 그런 겁 없는 그녀가 갑자기 눈물을 글썽였다.

지구인 중에서 동생을 제외하고 출생의 비밀을 알려준

유일한 친구였다. 비밀 이야기를 하던 날, 바들바들 떨던 내가 기억난다. 엄청난 비밀을 발설하는 순간의 긴장과 금기를 깨버렸다는 불안과 공포가 심장을 수축시켰는지 더운 날인데도 몸이 차가워지면서 떨린 것이다.

떨리는 목소리로 내 이야기를 그 친구에게 털어놓고 나니 묘한 죄책감과 해방감을 동시에 느꼈던 기억이 있다. 그 이후 나는 종종 내 지구 생활이 얼마나 외롭고 힘든지 들려주며 그녀에게 위로받곤 했다. 물론 학교 이야기, 어른들 세계 이야기, 꿈에 대한 이야기, 부모님 이야기, 음악 이야기가 주된 수다거리이긴 했지만 말이다.

"네가 하는 이야기를 내가 조금이라도 이해할 수 있으면 좋겠어. 네가 힘들어하고 울면서 애길하는 데도 위로를 잘 못하는 것 같아서 미안해."

이야기를 잘 들어주는 것만으로도 고마워했던 나와 달리 친구는 자신이 가짜 위로를 하고 있다는 죄책감에 참았던 감정을 고백하며 눈물을 쏟아낸 것이다. 용기 내어 말해줘서 고맙다고 말했다면 좋았겠지만 우는 친구를 어떻게 위로했는지 기억나지 않는다. 그저 머리가 멍했다. 감당할 수 없는 친구의 이야기에 혼란스러워 했을 15살의 소녀는 그동안 얼마나 힘들었을까. 하지만 미숙했던 나는 잘 몰랐다. 그저 어렵게 열었던 문을 다시 닫았을 뿐이다.

그 문을 닫으면서 다시 씁쓸하고 외로운 감정이 들기도 했지만 사실은 이해받지 못하는 특별한 존재라는 우월감이 있었다. 이해의 영역 밖 존재라는 우월감 말이다. 그 우월감으로 외로움을 이겨나갔다. 나쁘지만은 않은 고립감이었다. 슈퍼맨이 은신처인 크리스털 동굴에 숨었던 것처럼 나도 마음속 은신처에 숨어버렸다. 그 이후로도 우리는 여전히 친한 친구로 잘 지냈지만, 다시는 그 얘기를 꺼내지 않았다.

초능력

열여덟 살 때였다. 늦가을 교정에 부는 바람은 추위를 잘 타는 내게는 한파와도 같았다. 하지만 학교에서는 정해진 날짜부터 교복 위에 겉옷을 덧입을 수 있게 해서, 그때까지는 치마 안에 체육복을 입으며 버텨야만 했다. 그래도 추위는 가시지 않았다. 점퍼를 숨기고 등교를 감행했다. 점심 급식을 마치고 점퍼를 꺼내 입은 나는 친구와 점심시간 산책으로 학교 주변을 걷고 있었다. 그러다 학교에서 가장 무서운 학생 주임을 마주쳤다.

"야! 너 왜 잠바 입고 다니냐?"

그녀는 저 멀리서 나를 쏘아 보고 있었다. 무용을 가르치는 선생님은 작은 체구지만 다부진 몸매에, 젤을 바른 긴 파마머리에 짙은 아이라인을 그리고 있었으며, 빨갛게 칠한 입술은 뾰족한 턱과 만나 더욱 날카롭고 매섭게 보였다. 의아하게도 잔뜩 꾸민 외모와 다르게 언제나 체육복을 입고 있었고 손에는 회초리가 들려 있었다.

나는 이 학교, 아니 지구의 규칙이 마음에 들지 않았다. 춥다는데 왜 전교생이 다 같이 날짜를 맞춰 외투를 입어야 하는지 이해가 되지 않았다. 너무 바보 같은 교칙이 아닌가. 지구인들의 이런 불합리함이 어리석게 느껴질 때가 많았다. 내 눈에는 어리석은 지구인 하나가 자신의 무지함도 모르고 나를 째려보는 것만 같았다. 그녀에게 진실을, 진리를 가르쳐주어야 할 것 같았다.

눈을 피하지 않고 학생 주임의 두 눈을 똑바로 바라보면서 그쪽을 향해 걸었다. 학생 주임 역시 얼굴을 잔뜩 찌푸린 채 미안해하기는커녕 눈을 부릅뜨고 천천히 다가오는 괘씸한 여학생을 향해 성큼성큼 다가왔다. 적당한 거리가 되면 그녀가 나의 초능력에 굴복해 스쳐 지나갈 것이라고 생각했다. 하지만 예상은 빗나갔다. 정확히 말하면 초능력이 통하지 않았다. 회초리가 머리 위로 올라오기 직전에야 현실을 깨달은 나는 재빨리 고개를 숙였다. 학생 주임은 얼떨떨한 표정이었다.

"당장 벗어!"

나는 재빨리 점퍼를 벗어 들고 교실로 향했다. 초능력을 더 연마해야 했다. 책상에 앉아 공부를 하다가도 눈앞에 보이는 샤프, 지우개는 물론 작은 인형들을 수시로 쏘아보며 초능력을 키우려고 연습했다. 파란 구슬로 우주 유영을 마치고 온 날은 왠지 물건을 움직이는 능력이 두 배는 더 커진 것 같았다. 나이를 먹을수록 내 힘은 더 커질 것이므로 그 힘에 맞게 부단히 연습을 해야 했다.

며칠 뒤 무용 시간. 학생 주임인 그녀가 무용 연습실에서 아이들을 줄 맞춰 세워놓고 교칙에 대한 이야기를 늘어놓았다. 우리들이 여학생답게 행동하지 않는다며 칼날 같은 예리한 목소리로 질책을 시작했다. 나는 뒷줄 어딘가에서 조용히 그녀의 눈을 쏘아보기 시작했다. 말도 안 되는 교칙을 우주의 진리인 듯 강요하고 합리적이지 않은 설교를 떠들어대는 어리석은 지구인을 온순하게 만들어 학교를 평화롭게 만들고 싶었다. 너무 째려보지 않으면서도 눈을 깜박이지 않고 그녀의 입과 눈에 계속 집중했다. 그러다 눈이 마주쳤다.

"너 뭐야?"

다시 실패하고 말았다. 나는 앞으로 불려 나간 뒤 왜 키도 작은 게 뒷줄에 서 있냐는 괜한 소리만 들으며 혼이 났고, 이어서 지난주 배운 안무를 계속 반복하며 "너 로봇이냐? 왜 그렇게 딱딱하게 움직여?" 따위의 잔소리를 45분간 들어야 했다. 이제 열여덟 살이고 2년 뒤면 스무 살이 될 테고, 지구와도 곧 영영 이별이니까 사실 초능력 같은 거 없어도 그만 아닌가 생각했다. 못 하는 게 아니라 안 하는 것이라고 스스로를 달래면서.

엄마

엄마는 억척스러우면서 대담한 사람이었다. 왜소한 체격에 천생 여자처럼 보였지만, 내면에는 용감한 호랑이가 있었다. 엄마는 아빠 못지않은 사업 수완을 갖고 있었는데, 음식 장사면 음식 장사, 부동산 장사면 부동산 장사 가리지 않고 능력을 발휘해 아빠보다 더 많은 돈을 벌기도 하셨다.

그렇게 잘 버는 만큼 또 화끈하게 쓸 줄도 아는 사람이었다. 고향에 계신 외할아버지에게 뒷산을 사드린 적도 있다고 들었다. 엄마는 대체로 백화점에서 옷을 구입해 우릴 입히셨고, 디자이너의 이름이 붙은 국내외 유명 브랜드의 옷을 사주시는 일도 종종 있었다. 딸 셋을 기르면서 특별히 잔소리를 한 적도 없었다. 오히려 딸들이 하고 싶은 걸 마음껏 하면서 살 수 있게 하는 것이 엄마로서의 역할이라고 생각했다고 하셨다. 그리고 그걸 할 수 있는 능력이 충분하다는 자신감이 넘치셨다.

"엄마는 너희가 원하는 거 다 하고 살 수 있게 할 자신이 있었어."

그런 엄마도 아빠의 사업이 흔들리자 함께 무너지기 시작했다. 아빠의 빚을 갚느라 땅도 팔고 돈을 빌려오기도 하셨지만 상황은 크게 나아지지 않았다. 결국 아빠의 사업은 부도 위기를 맞았고, 50평대 아파트는 경매에 넘어갈 지경이 되었다. 돈을 빌리러 다니던 아빠는 며칠 동안 소식이 없었다. 엄마는 마침내 거실에 드러누웠다. 아침부터 밤까지 내내 거실에 이불을 깔고 누워만 계셨다. 넋을 놓고 계속 앓으셨다.

몸 안에서 불이 난다고 콜라나 청심환을 사오라고 시키는 일이 잦았다. 집 안에 불안감이 가득했다. 어떤 일이든 벌어질 참이었다. 고등학교 야간 자율 학습을 마치고 집으로 돌아온 어느 날, 엄마는 주방 한쪽에 몸을 기대앉아 울고 있었다. 머리를 절레절레 흔들기도 했고 바닥을 기며 소리를 지르기도 했다. 늘 자신감 넘치던 용맹한 호랑이 같았던 엄마가 빗물에 젖은 다리 다친 고양이 같았다.

나는 말없이 내 방으로 들어가 교복을 벗고 편한 옷으로 갈아입은 뒤 주방으로 가서 엄마가 술에 취해 게워낸

토사물을 걸레로 닦았다. '이제 정말 내 정체를 밝힐 때가 된 걸까? 그들을 내 별로 함께 데려갈 수 있을까? 내년이면 드디어 스무 살이 된다. 그러면 내 별로 돌아가게 될 텐데 그들이 내가 사라졌다는 충격을 받지 않도록 미리 모든 비밀을 밝혀버릴까? 우리 별 사람들이 지구인 부모의 고통을 덜어주려는 내 마음을 이해하지 않을까?'

마음을 단단히 먹고 여전히 몸을 가누지 못하는 엄마에게 다가갔다.

"엄마. 너무 힘들어하지 마. 그들이 오고 있어. 우리를 도와줄 거야."

덤덤하게 엄마의 양 어깨를 두 손으로 꼭 잡고 말했다. 엄마가 무슨 말이냐고 물으면 어디서부터 설명을 해야 좋을까 생각하던 참이었다.

"정신 차려, 이년아!"

엄마는 갑자기 내 말에 정신이 번쩍 들었는지 눈을 동그랗게 떴다. 그리고 갑자기 흐르던 눈물을 훔치시며 나를 매섭게 노려보았다. 그 눈빛이 어쩌나 무섭고 강렬했던지

내 심장은 하늘에서 추락한 비행기처럼 땅바닥에 내동댕이쳐졌다. 엄마가 내 얘기를 어떻게 받아들였는지는 알 수 없었다. 그냥 내가 미쳤다고 생각하셨을 것이다.

그렇지 않아도 집안이 쑥대밭이 되었는데 둘째 딸년까지 헛소리를 해대니 그녀의 가슴에 더 큰 불을 낸 꼴이었을지 모른다. 방으로 조용히 들어가 자리에 누웠다. 아무 생각도 나지 않았다. 눈물이 멈추지 않았다. 새벽까지 잠을 못 이룬 나는 웃방에 들어갔다. 그리고 거기에서 한 시간 넘게 쉬지 않고 계속 절을 했다. 왜 그랬는지 모르겠다. 뭐라도 해야 할 것 같았나 보다. 세상의 모든 신에게 빌고 빌고 또 빌었던 것 같다.

며칠 후, 이사가 결정됐다. 이사 전날 밤, 동생과 나는 각자의 방에서 크레파스, 사인펜, 물감 등을 동원해 벽 가득히 낙서를 했다. 우리 집으로 이사 올 사람들이 싫어할 만한 경악스러운 그림들로 채웠다. 한쪽 벽엔 남자의 성기도 큼지막하게 그렸다. 이만하면 내 방을 차지할 사람에게 나의 흔적을 고스란히 넘겨주는 건 아닐 거라고 생각했다.

이삿짐 센터를 부를 돈도 없어서 사촌 오빠들의 손을 빌렸다. 작고 허름한 빌라에 짐을 풀었다. 이미 많은 것들을 빼앗기고, 버리고, 주고 난 터라 사실 짐이 그렇게 많지도 않았다. 짐 정리가 모두 끝난 며칠 뒤 작은 방 벽에 동생과 나란히 기대어 앉아 쉬었다. 서로 눈이 마주치자 동시에 '푸' 하는 소리를 내뱉고는 숨이 넘어가도록 깔깔깔 웃어댔다.

얼마 만에 그렇게 배를 잡고 웃었는지 모른다. 그렇게 한바탕 웃고 나서 우리는 조금씩 현실을 받아들이기 시작했다.

소식이 끊긴 아빠에게는 더 이상의 기대를 접었는지, 한때 떵떵거리며 잘살았던 엄마는 나이트클럽 주방에 취직하는 것으로 생계를 이어갔다. 늦은 밤에 출근해 아침에 돌아와서는 잠든 딸들을 깨워 밥을 먹이고는 출근을 시키고 학교에 보냈다. 그렇게 그녀는 억척스럽게 다시 일어섰다. 그때는 세상 모든 엄마들이 다 저렇게 할 수 있는 줄 알았다. 내 고통을 감당하기도 바빴던 나는 엄마의 고통을 이해하기엔 너무 어렸다. 어찌 보면 **각자에게 주어진 고통은**

스스로 알아서 감당하고 추스르는 것이 서로를 위한 배려임을
모두 직감했던 것 같다.

잠

고등학교 생활 중 가장 고통스러운 건 아침에 일찍 일어나 0교시 수업을 들어야 한다는 것이었다. 나는 매일 밤 늦게까지 우주를 여행하고 돌아오기 때문에 잠드는 시간이 늦어져서 더더욱 아침잠이 많았다. 아니, 그냥 성장기, 사춘기라 그랬을지도 모른다. 새벽 다섯 시 반에 일어나 눈도 다 못 뜬 채로 엄마가 차려준 아침을 꾸역꾸역 밀어 넣었다.

7시에 학교에 도착해도 반쯤 잠이 든 상태로 시간을 보내다 2교시 정도는 끝나야 겨우 정신을 차릴 정도였다. 어째서 이놈의 지구인들은 잠도 못 자게 하면서 공부 같은 걸 시키는 것인가. 잠은 충분히 자게 해줘야지! 고문도 이런 고문이 없다. 새벽에 일어나 학교를 가는 것이 정말 너무나 힘이 들었다. 지금 생각해도 머리가 아프고 몸이 저릴 정도다.

게다가 주말에도 이른 아침부터 아빠가 청소기를 들이밀며 방문을 열고 들어와 수면을 방해하기 일쑤였다. 아침마다 내 단잠을 깨웠던 그 빌어먹을 청소기 소음. 나는 잠을 정말 원 없이 자는 게 소원이었다. 이 말도 안 되는 시스템을 하루빨리 벗어나고 싶었다. 그저 순응하기에는 생각도 의심도 너무 많은 나였다.

빨리 어른이 되고 싶었던 이유 중 하나가 원할 때 자고 일어나고 싶을 때 일어나고 싶어서였다. 이른 아침 0교시부터 야간 자율 학습에 심야 독서실까지, 그 시절 달콤한 꿈을 꾸지 못하고 잠시 기절하듯 잠들었다가 다시 학교를 향했던 하루하루는 그저 고단한 노동의 시간으로 기억될 뿐이다.

옥상

고등학교 때 우리 집은 12층짜리 아파트의 12층이었다.
계단을 올라가면 옥상으로 통하는 문이 있었고, 옥상은 내
아지트나 다름없었다. 특히 노을 질 무렵 옥상에 올라가
눈에 걸리는 것 없이 큰 하늘을 하염없이 바라보는 일은
큰 기쁨이었다. 캄캄한 밤에도 종종 올라가 별 보는 것도
즐거웠다. 지금 생각하면 좀 위험할 수도 있었던 것 같지
만 그때는 별로 겁나는 게 없었다.

　아파트 단지가 모두 깊은 잠에 빠졌을 때 혼자 현관문
을 슬쩍 열고 나와 옥상으로 올라가곤 했다. 잠옷에 엄마
의 겨울 코트만 걸치고 올라갔다. 찬 바람에 머리카락이
날리면 눈을 감고 옥상 한복판에 섰다. 깊이 숨을 들이마
시고 바람의 냄새에 집중했다.

　그리고는 천천히 눈을 떠 고개를 들면 별을 제법 많이
선명하게 볼 수 있었다. 눈을 반쯤 가늘게 뜬 채 별 하나
나와 눈을 맞춘다. 색깔이 조금씩 다른 별들이 눈에 들어
오면 마치 아는 얼굴을 알아본 것처럼 미소가 지어졌다.
그리고 다시 눈을 감고 서 있으면 우주 한복판에 서 있는

기분이 들었다. 별들이 말을 걸면 나는 아무에게도 하지 못한 말을 들려주었다.

옥상은 나와 동생이 UFO를 처음 본 곳이기도 하다. 이런 말을 하면 다들 믿지도 않을 거고 시큰둥하게 여기지만 아무래도 상관없다. 우리 둘만의 특별한 기억이기 때문이다. UFO를 본 날도 꽤 추운 겨울이었다. 연말이라 집에는 엄마 아빠 친구들이 놀러와 술을 마시며 잔뜩 연말 분위기를 내고 있었다. 동생과 나도 편의점에서 소주 두 병을 사와 옥상으로 올라갔다. 나는 동생을 여전히 친한 친구로 생각하고 있었고, 어찌 보면 지구 생활은 나보다 훨씬 더 어른스럽게 잘하고 있었기 때문에 딱히 동생이 어린 중학생이라는 생각이 없었다. 어쨌든 동생은 엄마의 모피 코트, 나는 엄마의 무스탕을 입고 옥상에 올라갔다. 우리는 밤하늘을 바라보며 이런 저런 이야기를 나누면서 소주 한 병씩을 마셨다.

어느새 둘 다 비틀거릴 정도로 취해버렸고, 그 몸짓이 웃겨서 계속 걷고 넘어지는 서로를 깔깔거리며 보다가 그

참에 덩실덩실 춤까지 추기 시작했다.

그러다 또 다리에 힘이 풀리면 그대로 옥상 바닥을 뒹굴면서도, 뭐가 그리 재미있었는지 연신 큰 소리로 웃다가 춤을 추다가 바닥에 토하기를 반복하며 우리만의 연말 파티를 즐기고 있었다. 그러다 한숨 돌리려 옥상 가운데 환풍기 기둥에 기대어 앉아 말없이 다시 하늘을 올려 보았다. 우리가 조용하자 주변도 다시 조용해졌다. 차디찬 겨울바람이 구름을 빠른 속도로 밀어내고 있었다. 몸은 뜨겁게 달아올라 찬 바람이 상쾌하게 느껴졌다.

"어?!" 동생이 먼저 입을 열었다. "어?!" 그리고 나도 소리를 쳤다. 우리는 빠른 속도로 하늘을 가로지르는 수십 대의 비행 물체 밑바닥에서 번쩍이는 불빛을 따라 고개를 움직였다. 순식간이었다. 열을 맞춘 대형이 아니라 그냥 떼로 움직이는 불빛이었는데, 정말 빠른 속도로 아파트 옥상을 가로질러 가다가 어느 순간 갑자기 불빛이 사라져버렸다. 멀어져서 희미해지다 사라진 것이 아니라 우리의 시야에서 삭제된 것이었다.

"어……, 어……." 동생과 나는 뭐라고 말을 하지 못하고 그저 '어어' 소리만 반복했다. 온몸에 있는 털이 바짝 바짝 일어서는 것 같았다. 멍하니 한참을 앉아 있다 일어나 집 으로 내려가는 계단을 딛고서야 서로 말을 뱉었다.

"그거 맞지?"

"맞아 맞아. 와, 세상에…… 우리가 그걸 보다니……."

우리는 말을 더 뱉으면 기억이 사라지기라도 할 것 같 았는지 짧은 대화를 마치고 넋 나간 표정으로 각자의 방에 돌아갔다. 다음 날 엄마는 흙이 잔뜩 묻고 토사물 얼룩이 생긴 무스탕과 모피 코트를 발견하시고 잔소리를 하셨다. 그리고 며칠 뒤 불량 청소년들이 옥상에서 술을 마신다는 제보가 관리 사무소에 들어가 우리의 아지트는 폐쇄되고 야 말았다.

옥상에서 보던 밤하늘은 유일하게 내가 태어난 고향 별 과 교신할 수 있는 장소였다. 지구 생활이 힘들 때 깜박거 리는 신호로 나를 달래주는 별들이 있던 하늘. 그 하늘이 영원히 닫힌 것이다. 하지만 아이러니하게도 그 마지막 순

간 하늘이 보여준 것은 UFO였으니 이만하면 해피 엔딩

아닐까.

매트릭스

7년여의 외계인 생활은 황홀하고도 외로웠다. 대체로 타인을 관찰하는 것이 내 일상이었다. 학교에서는 지구인 친구들과 교사들을 관찰했고, 거리의 사람들도 유심히 지켜봤다. 나와 가족으로 묶인 지구인들도 역시 주의 깊게 살펴봤다.

지구인 부모는 감정적이어서 화를 참지 못하는 경우가 잦았다. 특히 아버지 역할의 지구인은 욱하면 손에 잡히는 것으로 자녀들을 팼다. 특히 나의 지구인 언니가 가장 큰 피해자였는데, 그녀는 몹시 열정적인 사춘기를 보내고 있던 탓에 부모와 잦은 마찰이 있었다. 그런데 참 이상한 건, 그렇게도 매 맞는 것을 두려워하면서도 끝없이 부모가 싫어하는 짓을 반복했다는 거다. 적어도 일주일에 한두 번은 큰소리가 들렸다.

지구인 엄마는 꽤 자주 감정적으로 변해 딸들은 그녀의 기분을 세심히 관찰해야 했다. 어떤 날은 집안을 깨끗이 청소하고 예쁜 드레스를 입은 채 우아하게 커피를 마셨지만, 어떤 날은 세 딸을 앉혀놓고 남편을 욕했다. 당시 나는 내 지구인 아버지가 이 세상에서 제일 나쁜 인간인 줄 알 았다.

아무튼 지구인 엄마는 양극단의 감정을 여과 없이 보여 주었고, 나는 그런 혼란 속에서 길을 잃었다. 시간이 지나 그녀의 애교 섞인 목소리는 사실 기분이 좋아서 자연스레 나오는 게 아니라, 어떤 두려움 때문에 스스로를 방어하 기 위한 행동이었다는 것을 깨달았다. 지구인 엄마의 상 냥한 웃음은 바람에 흔들리는 창문처럼 불안해 보일 때가 많았다.

어쨌든 지구인 부모는 둘 다 불안정한 사람들이라는 결 론을 내리게 됐고, 그들이 자녀들을 제대로 양육하지 못하 는 것에 불만이 있었지만, 사실 내 알 바는 아니었다. 나는 어차피 지구인이 아니었고, 그들은 나의 친부모도 아니었 으니까. 다만 아이들을 그렇게 훈육하는 것이 얼마나 잘못 된 것인지는 알려주고 싶었다.

그렇지만 외계인으로서 지구인의 운명에 개입하는 건 바람직하지 않다고 생각해 실행에 옮기지는 않았다. 그건 모든 영화, 드라마, 책에서 알 수 있듯이 외계인이 해서는 안 될 불문율이었다. 외계인은 외계인의 삶을, 지구인은 지구인의 삶을 사는 것이다.

부모가 싸움이 붙어 언성이 높아지고 물건이 날아다니고 뭔가 깨지는 소리가 들리면, 지구인 언니는 맏이답게 둘을 뜯어말렸다. 동생은 겁에 질려 울면서도 어느 한쪽의 편을 들었고, 나는 조용히 내 방으로 들어가 책상에 머리를 박고 눈을 감았다. 지구에서의 여정이 속히 끝나기를 바라며 다음 우주여행을 그리는 것밖에는 할 수 있는 게 없었다. 그저 이렇게 되뇌곤 했다. "괜찮아. 어차피 곧 떠날 곳이니까."

감자와 밥스

시간은 흘렀고 어느덧 스무 살이 되었다. 고향 별로 돌아가기로 한 날이 온 것이다. 평소와 다를 것 없는 아침을 맞았지만 곧 지구를 떠나게 된다는 생각에 지구인 가족들의 얼굴과 집 안 곳곳을 한참이나 바라보았다. 편의점에서 콜라 한 캔 사느라 밖에 다녀온 것 말고는 온종일 집에 있었다. 모처럼 욕조에 물을 받아 제대로 때도 벗기고 나름 경건하고 정갈한 몸과 마음으로 그 시간을 기다렸다. 어느새 해가 지고 있었다. 책상에 앉아 마지막 일기를 썼다. "잘 있어라. 지구여. 지구인 가족이여. 친구여. 그동안 우리가 함께 보낸 시간들을 잊지 않겠다. 당신들의 미숙함과 어리석음, 불온전함을 이해하기 어려웠지만 그런 모습을 보면서 나 역시 많은 것을 배웠다." 자정이 다 되어 어둑한 거실을 빠져 나와 홀로 아파트 옥상으로 올라갔다. 밤 하늘을 올려다보았다. 이제 나를 데려갈 우주선이 하늘에서 내려오기만 하면 나의 지구인 생활이 끝나는 마지막 순간이었다. 하지만 하늘은 도무지 아무 일도 일어날 것 같지 않은 표정을 하고 있었다. '아냐. 이건 아닌데. 조금만 더 기다려볼까? 잠시 눈을 감아볼까?' 나는 옥상 한복판에 서서 겨드랑이와 다리 사이로 지나가는 바람을 느끼며 뭔가 일어나기를 기다렸다. 일어나야만 했다. 7년을 기다렸으니까. 어느새 자정이 넘어갔다. 아파트 단지의 불빛도 꺼지자 별빛은 더욱 선명해졌지만 내 정신은 멍해졌다. 아무 일도 일어나지 않았다. 이게 대체 무슨 일이란 말인가. '아, 깨어 있지 말고 잠을 자고 있어야 날 데리고 가는 걸까?' 우선 잠을 자기로 했다. '아침에 눈을 떴을 땐 분명 다른 곳에 있을 거야.'

아침이 밝았다. 엄마는 또 늦잠을 자고 있는 나를 향해 잔소리를 한바탕 쏟아냈고 나는 어리둥절한 표정으로 일어났다.

'어, 왜 아직 여기 있는 거지?' 식탁에 앉아 차려진 아침상을 보며 수만 가지 생각이 지나갔다. 젓가락질을 하는 내 모습은 초라했다. 날개를 빼앗겨 지상으로 떨어진 천사의 기분이 이럴까. 뿔이 잘리고 평범한 말이 된 유니콘의 마음이 이럴까. 어디서부터 틀린 거지. 나는 누구지. 여긴 어디지. 현실은 아무런 준비가 되지 않은 나를 큰 파도처럼 덮쳤다. 영화 〈마션〉에서 주인공 마크가 화성에서 생존하기로 마음먹고 감자 재배를 시작한 것처럼 그날의 아침밥은 나는 곧 죽어도 이곳 지구에서 적응하고 살아가야 한다는 것을 말해주는 듯했다. 그다음 날도 그다음 주도 그다음 달도 그다음 해도 나는 여전히 엄마가 차려주는 아침밥을 먹고 있었다. 나를 데려갈 우주선은 끝내 오지 않았다. 나는 버려진 것이다. 서서히 지구인으로서의 삶을 받아들이고 적응해야 하는 시간이 다가왔다. 그 첫 관문은 지금의 이 지구인 가족이 진짜 내 가족 내 핏줄이라는 걸 받아들이는 것이었다. 정말 이상한 미친 사람 얘기 같다는 걸 알지만 진짜 부모가 외계 어딘가에 따로 살고 있다고 생각하며 살아왔기에 쉽게 받아들일 수 없었다. '나는 이런 시궁창에 있을 그런 존재가 아냐. 나에게는 너희들이 모르는 엄청난 비밀과 힘이 있어.' 따위의 설정은 지금은 고독하지만 곧 벗어나게 될 것이라는 희망을 주었고, 가족조차 안아줄 수 없는 삶의 공포로부터 누구보다도 나를 안

전하게 보호해왔다. 이제 영화는 끝났다. 걸핏하면 싸우고 소리 지르고 서로 죽일 듯하던 저들이 나의 친부모라는 사실, 그리고 그 부모의 사업이 완전히 망했고 나는 몰락한 집의 둘째 딸이라는 사실, 당장 이 집 이 가족을 위해 나도 직장에 나가 돈을 벌어야 한다는 사실을 이제는 받아들여야 했다. 발바닥 밑에 있는 현실을 온 마음으로 느끼며 걸어야 했다. 영화 〈트루먼쇼〉의 트루먼이 가짜 세상의 벽을 부수고 진짜 세계로 걸어나가기로 마음먹었던 것처럼. 뚜벅뚜벅.

제2장. 지구인 읍쓰양

적응

시간은 그 전과 다르게 흘렀다. 하루하루가 지나는 것이 기대되고 신나던 날들이 무의미하고 더디고 지루하게만 느껴졌다. 얼마 전까지 초능력을 지녔다고 굳게 믿었던, 저 은하 반대쪽에서 온 외롭지만 특별한 존재였던 나는 이제 그저 초라한 재수생일 뿐이었다.

사춘기 내내 나의 꿈은 오직 고향 별로 돌아가는 것이었으므로, 재수생으로 신분이 바뀌었다고 지구에서의 새 꿈이 생겨나지는 않았다. 학교, 학원에서 열심히 공부하는 학생들이 모두 무의미한 짓을 하는 바보들 같았다.

도대체 삼각 함수와 인생이 무슨 상관이란 말인가. 가끔은 내가 수업을 듣는 것인지 그냥 역할에 따른 연기를 하는 것인지 헷갈리곤 했다. 고개를 끄덕이며 노트에는 온갖 그림을 채워나갔다. 마치 구천을 떠도는 귀신처럼 우주로 떠나지 못한 우주인 유령이 되어 기름처럼 사람들 사이를 떠다녔다. 미래에 대한 기대도 희망도 없이 아무렇게나 나뒹굴던 시간이었다.

미래라는 게 있긴 있을까? 개떡 같은 시간 새끼.

죽음

"엄마, 나중에 엄마 죽으면 나 울어야 해?"

13살 무렵, 가족 여행을 떠나느라 아빠는 차 트렁크에 짐을 싣고 계셨다. 우리 가족은 주말이면 여기저기 여행을 많이 다녔다. 아빠가 특히 가족 여행을 좋아하셨다. 푸른 잔디 마당을 지나 대문 밖에 주차된 자동차로 가족들이 하나둘 몸을 싣고 있었다. 현관 계단을 내려가며 앞서 걷던 엄마가 돌아보며 말했다.

"그럼 넌 엄마 죽으면 안 울 거야?"

"아니, 사람은 원래 다 죽잖아. 그러니까 엄마가 죽는 것도 당연한 건데 왜 울어야 해?"

"아휴, 그럼 너는 울지 마라."

엄마는 어이없는 표정으로 웃으시다 조수석에 앉으며 말했다.

"여보, 애가 엄마 죽으면 울어야 하냐고 묻네요."

"야, 너는 그럼 부모가 죽었는데 안 우냐?"

아빠도 거든다. 자식새끼 키워놨더니 죽으면 울어야 하는지 묻는다고 하시면서 웃으셨다. 자동차가 출발했다. 차

멀미를 달고 살았던 나는 엄마가 챙겨준 검정 비닐봉지 손잡이를 양쪽 귀에 걸었다. 휘발유 냄새에 속이 금세 울렁거린다.

'자연의 법칙대로 사라지는 것뿐인데 왜 몰랐던 것처럼 울어야 하지? 앞으로 볼 수 없어서 그런 걸까? 죽은 사람 입장에서 자연으로 다시 돌아가는 게 꼭 나쁜 일인가? 죽는 건 슬픈 일인가?'

2012년 5월. 뇌종양을 앓으시던 아빠가 정말로 자연으로 돌아가셨다. 그리고 발인하는 날, 엄마가 제발 그만 좀 울라고 할 정도로 울었다. 기력이 다하도록 울었다. 아빠를 아프게 한 나쁜 말들과 거짓말들이 후회가 되어 계속 그 순간을 곱씹으며 울었다.

그러다 깨달았다. 엄마를 위해서 했다고 생각한 거짓말, 가족의 평화를 지키겠다고 했던 모진 말들이 사실은 철저히 이기적인 결정이었다는 것을. 아빠는 죽음으로 사라지면서 과거의 나를 꺼내셨다.

문득, 가족 여행을 가던 그날이 다시 떠올랐다.

사람은 사랑하는 사람이 죽었을 때, 그를 위해 우는 것이 아니다. 자기 자신을 위해서 운다.

동네

초등학교 내내 살았던 우리 집은 2층짜리 단독 주택이 쭉 늘어선 골목길에 있었다. 각 주택은 앞마당과 차고가 있었고, 이웃들은 서로 왕래가 잦았다. 모두가 서로 잘 알고 지냈다. 우리 집은 마당에 큰 돌로 화단을 만들고 잔디를 깐, 동네에서 처음으로 진짜 제대로 조경을 한 집이었다. 봄이면 화단에 진홍빛 진달래꽃이 가득 피어났다. 여름엔 아빠가 호스로 잔디에 물을 뿌리는 모습도 볼 수 있었고, 물줄기 뒤로 아련하게 피어난 무지개를 보는 것도 좋았다.

옆집엔 우리 집처럼 딸만 있는 집이 있었다. 우리는 셋, 그쪽은 넷이었는데 그쪽 큰 언니를 빼고는 나머지 셋이 우리와 나이가 같았다. 그 집 둘째는 우리 언니랑 동갑이었고, 셋째는 나와, 막내는 내 동생이랑 같았다. 특히 그 집 둘째와 나는 엄청 친했다. 그 친구는 키도 크고 활발한 성격에 리더십도 있었다. 친구들을 종종 집으로 불러 음악을 들으며 함께 춤추기도 하고, 동네를 헤집고 몰려다니며 술래잡기, 숨바꼭질, 다방구, 사방치기, 총싸움을 하고 놀았다.

명절에는 너 나 할 것 없이 모두 한복을 입고 골목길로 나왔다. 다 같이 둥그렇게 서서 손을 잡고 달밤에 강강술래를 했는데, 그걸 하자고 제안한 사람도 바로 그 친구였다. 놀이는 점점 더 대담해지고 모험심, 상상력이 더해져 어른들이 생각할 수 없는 방향으로 펼쳐지기도 했다.

"새벽 2시에 여기서 다시 만나는 거야. 알았지?"

우리는 저녁에 헤어지기 전, 집에 있는 알람 시계를 들고 나와 초침까지 시간을 맞추고 헤어졌다. 그리고는 정말 어른들 몰래 새벽 2시에 집을 빠져나왔다. 열 명 남짓한 아이들이 어둠 속에 모여들었다. 각자 집에서 챙겨온 랜턴을 들고 2인 1조가 되어 제대로 된 가로등도 없는 저 뒷동네까지 한 바퀴 돌고 오는 모험을 시작했다.

진짜 거길 다녀왔는지 확인하기 위해 그 동네 물건을 하나씩 가져오는 것이 미션이었다. 실로 엄청난 담력이 필요했다. 나는 친구 동생과 한 팀이 되었다. 어떤 위험이 있을지 알 수 없는 새벽의 어두운 동네는 미지의 세상과도 같았다. 과연 그곳까지 무사히 다녀올 수 있을까 겁도 났지만, 앞서 성공해 돌아온 녀석들에게 지고 싶지 않아 결국 나도 미션을 수행하고 돌아왔다. 무서워서 끝내 모험을 떠나지 못한 친구들은 자신 없는 표정으로 계속 머뭇거리고 있었다.

우리는 어른들이 깨기 전에 다시 조용히 집으로 돌아갔다. 차가운 새벽 공기를 품은 채 이불 속에 들어가 누웠다. 잠이 오지 않았다. 마치 용감한 탐험가라도 된 것 같았다.

부모님이 모르는 비밀을 간직하게 되었다는 것만으로 어른이 된 것 같았다.

10년이 흐르고 아빠의 사업은 아이엠에프(IMF) 위기를 넘지 못해 부도를 맞았다. 우리는 바퀴벌레와 곰팡이 가득한 작고 허름한 빌라로 이사했다. 몇 년 뒤 부모님은 이혼하셨고, 나는 미대 편입을 준비하다 직장인이 되어야 했다. 인생이 끝난 것 같았다. 출구도 미래도 보이지 않았다. 이상한 건 절망스러운 순간마다 어린 시절 그때가 떠올랐다.

바람에 펄럭이던 내 핑크색 실크 잠옷, 뛰어넘던 벽들, 장난감 총을 들고 친구들과 전쟁을 벌이던 날 뒤에서 불어

오던 봄바람, 말뚝박기를 하다 풀어진 긴 머리를 다시 묶던 친구, 잃어버린 야구공을 찾아 공터를 헤매던 남자 아이들, 겁 없이 빌려 탄 친구 자전거를 박살내고 미안하고 무서워 숨었던 침대 밑. 남자, 여자 상관없이 몸싸움하며 뛰놀았던 그 골목…….

찬란하게 빛나는 유년의 기억은 절망의 우물로 빠질 때마다 내려오는 밧줄 같았다. 나는 그 줄을 꼭 잡아 매달리곤 했다. 그 골목길 꼬맹이들은 훗날 나를 살릴 밧줄을 만들고 있는 줄도 모른 채 여전히 내 기억 속에서 골목길을 뛰어다니고 있다.

소설

이후로도 몇 번의 이사를 반복하고, 또 다른 새집에 적응하던 어느 날 갑자기 나쁜 예감이 들었다.

"아, 내 소설!!!"

중학교 2학년 내내 틈틈이 써서 연습장 7권 분량을 가득 채운 장편 소설이 있었다. 그림을 곧잘 그리던 나는 거의 매 장마다 컷 하나씩을 그린 탓에 그 책은 거의 화집이기도 했다. 동생이 소설의 유일한 독자였는데, 재밌게 읽어주면서 다음 편은 언제 나오는지 관심을 보이기도 했고, 주인공 한 명이 세상을 떠났을 때는 울먹이기도 했다.

소설은 〈스타워즈〉 더하기 〈인디아나 존스〉 더하기 〈은하철도 999〉 더하기 〈터미네이터〉 더하기 정도의 이야기였다. 구체적으로 설명하자면, 주인공 '오천번(No.5000)'이 아직 어린 아이였을 때 과학자인 아버지와 어머니는 외계인들의 공격을 받아 사망한다. 어린 오천번(그녀의 아버지가 진행한 유전자 조작 배아 실험 5,000번째 만에 성공해 태어난 아이라 이름이 '오천번'이다)은 부모가 죽임을 당하는 모습을 보고 복수를 꿈꾸게 된다.

다행히 아버지는 그녀를 돌봐줄 사이보그(이 캐릭터의 이름은 기억나지 않는다)를 만들어놓았고 부모 대신 사이보그(그냥 C라고 부르자!)의 보살핌 아래 성인이 된다. 성인이 된 그녀는 본격적인 복수를 위해 낡은 우주선 한 대를 구해 C와 함께 우주 방랑을 시작한다. 그리고는 그녀 자신도 인간의 삶을 포기하고 사이보그가 되어 끝까지 복수에 성공하겠다는 결심을 한다.

여러 별을 떠돌다 자신을 사이보그로 만들어줄 곳의 위치를 알게 된 오천번이 그곳을 찾아 먼 길을 떠나며 겪는 모험담이 주 내용이다. 매 에피소드마다 새로운 별에서 다른 외계 종족들을 만나 친구가 되기도 하고 전투를 벌이면서 전사로 변신해가는 과정이 흥미진진하게 그려진다.

작품의 절정은 어렵게 도착한, 사이보그를 만들어주는 별에서 사이보그로 변신하는 과정을 묘사한 것과 부모를 죽인 외계 종족과의 전투에서 C를 잃고 분노하는 장면이다. 이 대목에서 유일한 독자인 동생이 눈물을 펑펑 쏟아 창작자로서 커다란 짜릿함을 느꼈다.

그런데 그 연습장들이 아무리 찾아도 없는 것이다. 늘 방 안 어딘가에 무심히 놓여 있어서 크게 신경 쓰지 않았던 게 실수였다. 온 집 안을 샅샅이 뒤졌지만, 오랜만에 꺼내 입은 옷 안주머니에서 몇 년 전의 세뱃돈이 발견되는것과 같은 그런 행운은 일어나지 않았다. 처음이자 마지막이었을 연습장 7권 분량의 소설은 너무도 허망하게 내 삶에서 사라져버렸다.

소설만이 아니었다. 그렇게 잃어버린 게 몇 권의 일기, 친구들에게서 받은 편지들, 우연히 발견해 간직하고 있었던 젊은 시절의 엄마 가계부 겸 일기장, 가족이 흩어지듯 함께 사라진 가족 사진들……. 어째서 소중한 것들만 골라서 잃어버리는 걸까? 내일 사라져도 상관없는 옷가지들, 별 의미 없는 화장품, 액세서리, 책, 잡지 등은 신줏단지처럼 챙기면서도 말이다. 아끼다 뭐 된다고 하더니, 너무 아껴서 소중히 숨겨놓았다는 사실 자체도 잊어버려 결국은 모두 잃게 된다.

얼마 전, 평생을 보낸 인천을 떠나 김포로 이사했다. 포장 이사를 하기로 했지만, 귀중품들은 별도로 잘 챙겨두라는 이삿짐 센터 직원의 말에 가장 먼저 옛 일기와 사진, 편지 등을 따로 하나의 박스로 포장해두었다. 더 이상 소중한 것들을 잃어버리기 싫다. 집은 바뀌었지만, 이사한 새집에서도 옛집에서와 같은 위치에 고이고이 잘 모셔놓았다.

말 없는 식탁

살면서 내 생각이나 의견을 입 밖으로 꺼낸 적이 많지 않은 것 같다. 내 취향, 가치관, 사고방식을 드러냈다가 어떤 갈등으로 이어지는 그런 상황을 마주하고 싶지 않은 마음 때문이었다. 저마다 생각, 의견이 각기 다른 건 너무나 당연한 일인데도 말이다.

내게 있어 갈등은 스트레스로 이어지고, 스트레스는 불안을 주고, 불안은 고통이 되어 견디기 힘들다. 왜 나는 이런 바람직하지 않은 로직을 갖게 됐을까?

나의 부모님은 내가 기억하는 어린 시절부터 참 많이 다투던 사람들이었다. 일곱 살 무렵 이혼한다고 난리였던 첫 기억을 시작으로, 중고등학교 시절엔 정말 수도 없이 다투셔서 현관문을 열고 집 안으로 들어설 때마다 큰소리를 듣곤 했다. 엄마는 가끔 쥐약 먹고 다 같이 죽자는 말로 본인의 주체할 수 없는 감정을 여과 없이 드러냈다.

그런 얘기를 들으면, 다 같이 쥐약을 먹고 피 흘린 채 쓰러져 있는 가족의 모습이 머릿속에 그려졌고, 정말 그런 광경을 보게 될 것 같은 두려운 마음에 현관문을 여는 것

조차 무서웠다. 아무튼 그런 부모를 둔 덕분에(?) 언니와 동생은 누구 못지않게 격렬한 사춘기를 보냈다. 그녀들은 가출도 해보고 엄마 아빠를 파출소나 학교로 오게 만들기도 하면서 부모와 팽팽한 신경전을 연출하곤 했다.

서로 다투기도 바쁜 부모는 크고 작은 싸움을 걸어오는 딸들로 인해 더 불안했을지 모른다. 우리 가족은 언제 터질지 모를 시한폭탄 같았다. 그러니 나까지 엄마 아빠에게 대들 수는 없었다. 엉뚱한 고집을 피우다 가끔 꾸중을 듣기는 했지만 감정을 폭발시켜 큰 싸움을 일으킨 적은 없었다. 아무도 그런 역할을 주문하지 않았고, 누구도 알아차리지 못했지만 나는 늘 위에 얹힌 유리 받침이 깨지지 않도록, 적어도 가느다란 금들이 서로 만나 커지지 않도록 버티고 있는 말 없는 식탁이었다.

갈등이 생기면 입을 닫아버리는 쪽을 선택했다. 상대가 답답해 죽을 지경이 되어도 입을 꾹 닫고 아무 말을 하지 않았다. 정확히는, 입이 열리지 않았다. 그저 눈으로만 상대의 질문에 대답했다. 머릿속에서는 얼마든지 날카롭고 잔인한 대답들이 쏟아져 나왔지만, 남들에게는 그저 정적을 유지하고 싶은 고집 센 사람으로 비춰졌을 것이다. 갈등의 한복판에서 얼마든지 이야기를 시궁창으로 밀어넣을 수 있는 낯설고 날카로운 내 목소리를 들을 자신이 없었다.

나는 여전히 스트레스에 취약하다. 그 이유를 생각해보면 적절히 해소하는 법을 찾지 못했기 때문인 듯하다. 누군가는 소리를 지르며 맞서 싸워 감정을 터뜨리고, 쇼핑으로, 여행으로, 음식으로, 수면으로, 게임으로, 술과 담배로…… 저마다 나름의 해소법을 갖고 있다. 반면에 나는 스트레스에 집착하고 몰입한다. 고밀도의 스트레스가 응축된 작고 납작한 돌멩이가 되어버린다. 돌멩이는 고통의 바다 속으로 깊이 빠져든다. 더는 내려갈 곳이 없을 때까지 떨어지고서야 바닥을 찍고 올라와 큰 숨을 내뱉는 것이다.

여전히 감정과 생각을 말하는 것은 쉽지 않다. 두렵고 버겁다. 늘 일기장에만 토해내던 습관 탓인지, 회피에 익숙한 겁쟁이라 그런지 어쩔 수 없이 지금도 종종 말 없는 식탁이 되어버린다.

'걱정 마세요, 이건 내 문제예요. 당신은 그냥 가만히 있어요. 괜찮아요, 이러다 불쑥 떠오를 테니까. 지금은 그냥 내버려두세요. 아무도 아프지 않게 해야 나도 아프지 않은 사람이니, 그냥 조용히 혼자 아픈 게 편해요.'

뭔가 이상해

처음 몇 달간은 이렇게 보내는 하루하루에 별 문제를 느끼지 못했지만, 어느 순간 문득 깨달았다.

'아…… 나 지금까지 뭐 했지?'

돌아보니 아무것도 한 게 없다는 것을 알아차리고는 겁이 나기 시작했다. 남들처럼 열심히 하루를 꽉 채워 살아도 부족할 판에 너무나 많은 시간을 낭비하고 있었다는 생각이 드니 한심하기 짝이 없었다. 개인전을 끝냈으니 조금 여유를 부릴 수 있다고 하지만 이건 해도 해도 너무했다. 대책 없이 시간만 보내는 건 아닌지 점차 조바심이 나기 시작했다.

그런 자책이 계속되니 결국에는 아무것도 하지 못하는 지경에 이르고 말았다. 지금 뭔가 고장이 난 것 같기는 한데, 이유는 모르겠고 그냥 망했다, 큰일 났다는 생각뿐이었다. 잠이 오지 않았다. 내일 해야 할 일들이 떠오르지 않았다.

'나 내일 뭐 하지? 아무것도 할 게, 할 수 있는 게 없는데 어쩌지?'

이어지는 불안한 밤은 나를 초췌하게 만들고 있었다. 그림을 그리면서 느끼던 희열과 환희는 어디로 사라졌을까? 다음 작업을 상상하면서 느꼈던, 달아오르던 그 흥분은? 책을 읽으며 상상의 세계에 빠져 삶에 대한 시각이 새로워지는 경험을 했던 짜릿한 감정들은?

누군가는 운동을 해보라고 권했다. 누군가는 좀 쉬어보라고 권했다. 누군가는 다른 일에 몰두해보라고 권했다. 누군가는 여행을 가보라고 권했다. 다 맞는 말 같았다. 역시 사람은 모르면 물어봐야 해. 다시 요가를 시작해볼까? 뭔가 새로운 걸 배워볼까? 여행? 일단 어디로든 가볼까?

상상은 쉽다. 그런데, 잠깐! 저거 다 돈 드는 일이잖아? 지금 내 통장은 한없이 가벼운데, 저게 방법이라고? 그럼 분명 또 다른 고민거리가 생길 텐데? 대체 어디서부터 엉켜버린 걸까?

난 정말 철이 없는 걸까?

출퇴근을 반복하며 오매불망 기다리던 토요일, 가족이 뿔뿔이 흩어지고 혼자 남겨진 집. 전날 밤 회사에서 밤샘에 가까운 야근을 하고 새벽녘 집에 들어와 씻지도 않고 기절하듯 잠이 들었다. 배가 고프긴 했지만 밥통도 비었고, 냉장고에도 변변한 반찬이 없었다. 겨우 몸을 일으켜 편의점에서 컵라면 하나를 사왔다.

대충 배를 채우고 나서 세수도 귀찮아 다시 침대에 벌렁 누웠다. 멀뚱히 창문에 흔들리는 커튼을 바라보다가 그래도 토요일인데, 친구를 만나러 나갈까 생각하다 주머니가 가벼운 것을 알고는 그냥 집에서 주말을 보내기로 했다. 딸깍. TV 리모컨의 전원 버튼을 눌렀다.

"어?" TV가 켜지지 않았다. 배터리가 다 됐나 싶어 벌떡 일어나 TV 전원 버튼을 눌렀지만 여전히 화면은 깜깜하다. 방에 형광등 스위치를 켜봤다. 역시 반응이 없었다. 화장실 불도 마찬가지였다. 그러고 보니 인터넷도 안 되는 것 같다. 얼마 전부터 집으로 날아왔던 전기세 미납 고지서를 무시했더니 결국 이렇게 된 것이다.

"아, 뭐야. 진짜로 전기를 끊은 거야? 사람이 사는데?"

전기는 그냥 공기와 같은 건 줄 알았다. 공기처럼 늘 있는 거라고 여긴 나머지 돈을 내고 공급받는 서비스라는 사실을 인식하지 못했다. 전기세가 밀리면 전기가 끊어진다는 매우 당연한 사실을 29세 나이에 경험을 통해 배웠다. 독립해서 혼자 생활을 꾸려본 사람들이라면 각종 세금을 제때 내지 않을 때 어떤 일이 벌어지는지 잘 알고 있을 것이다. 전기세 고지서를 대수롭지 않게 생각한 건 명백한 내 잘못이었다.

생각해보면 카드를 만들거나 계좌를 개설할 때 말고는 은행에 간 일도 거의 없었던 것 같다. 종종 대출 창구에 앉아 심각한 얼굴을 하고 있는 사람들을 보면 나와는 다른 진짜 어른들 같았다. 나는 낯선 사람과 통화하는 것도 어려워서 배달 음식을 주문하는 전화도 못 하고 살았다. 그런 일도 못하면서 경제 활동은 하고 있으니 스스로는 어른이라고 생각했는지 모른다.

그런데 그게 아니었다. 누군가 대신 해주고 있었을 뿐이었다. 어릴 땐 부모님이, 때론 언니나 동생이, 혹은 친구나 애인이 도움을 주고 있었던 것이다. 사람마다 세상을 배우는 속도가 다르다. 환경 탓도 있겠고 성격 탓도 있을 것이다. 어쨌든 나는 그런 면에서 확실히 성장이 더딘 사람이었던 것 같다.

마흔이 넘어 처음으로 대출을 받았을 때, 그러니까 비로소 내 이름으로 빚을 졌을 때 이상하게 어른이 된 것 같은 느낌이 들었다. 빚이 생겼다는 무거운 마음보다는 혼자 힘으로 대출을 받았다는 것 자체가 왠지 모르게 뿌듯했다. 한 달 넘게 부동산을 다니며 살 집을 구했던 날도 그랬다. 함께 사는 고양이가 아파 혼자 병원에 데려갔을 때도 그랬다. 그런 사소한 일조차 혼자 한 적이 별로 없었던 것이다. 그런 건 꼭 두 사람 이상이 해야 하는 줄 알았다.

이사 간 집에서의 첫날 밤이 아직도 생생히 기억난다. 깊은 잠에 들지 못해 새벽에 눈이 떠졌다. 커튼이나 블라인드를 달지 못한 휑한 안방의 큰 창문에 새벽하늘이 꽉 차 있었다. 마치 짙푸른 바다 같았다. 눈물나게 아름다운 장면이었다. '어른이 되는 건 망망대해에서 배를 모는 선장이 되는 거야. 하지만 자유로워.' 그렇게 한참 늦게 어른이 되는 첫날을 맞았다.

시작

나는 남들보다 늦게 미술을 시작했다. 산업디자인학과를 졸업하고 20대 내내 작은 광고 회사와 출판사에서 근무했다. 회사를 다니면서도 예술에 대한 열망이 자꾸만 커지는 바람에 퇴근하고 홍대 미술 학원에서 취미로 그림을 그리거나 집에서 드로잉을 하기도 했다. 하지만, 나는 결코 예술가, 아티스트가 될 수는 없을 거라고 생각했다.

아버지 사업은 회생 불가능할 정도로 어려워져 빚만 늘고 있었고, 큰언니는 결혼해서 가정을 꾸렸고, 동생은 아직 대학생이었으므로 가족 중 누군가는 돈을 벌어야 했지만, 벌 수 있던 사람은 엄마와 나뿐이었다. 사실 두 번째 직장을 그만두고서 엄마 아빠에게 미대 편입 준비를 하겠다는 선포를 했지만 인생은 늘 계획대로 되지 않는다는 걸 보여주기라도 하는 듯이 얼마 지나지 않아 빛도 잘 안 드는 허름한 빌라로 이사를 가게 됐다.

엄마는 이사 전날 나에게 울면서 빌듯이 부탁하셨다.

"너 다시 직장 알아봐. 네가 아니면 누가 벌어……."

나는 눈물을 뚝뚝 떨어뜨리며 엄마의 발끝만 쳐다보았

다. 글쎄, 아마 엄마도 내 발끝만 보지 않았을까? 처음으로 꿈이라는 게 생겼지만 사치였던 모양이다. 20대 초반이면 누구나 그릴 수 있는 자기 미래에 대한 막연한 기대와 환상 그런 것들은 그날 이후 깨끗이 사라졌다. 내 남은 인생은 어차피 뻔했다.

'평생 직장이나 다니고 번 돈으론 빚만 갚으며 살다 늙어 죽겠지. 그게 다야, 끝났어. 네 인생은 사실 별거 없었던 거야. 정신 차려, 이게 네 현실이야. 예술은 무슨!'

그렇게 스스로를 냉소해버렸다. 그리고는 다시 아무 일 없던 것처럼 직장을 다녔다. 우울한 20대였다. 아침에 눈을 뜨면 '아, 씨발! 눈 떠졌어. 젠장!' 하고 좌절하며 출근했다. 그냥 이번 생은 망했다고 생각했다. 항상 잔뜩 화가 나 있었고 될 대로 되라는 마음이었다. 좀처럼 화를 낼 줄 모르던 내가 말이다.

한번은 퇴근길 지옥철에 끼어 있다 하차하려는데, 웬 노인이 문 앞에서 꿈쩍도 하지 않고 자리를 지키고 있었다. "실례합니다. 내립니다." 하고 노인의 옆을 지나려 하자 갑자기 버럭 화를 냈다. "미리미리 앞으로 나와 있었어야지!"
예전 같았으면 그냥 무시하고 내렸을 텐데 그때는 눈에 보이는 게 없었는지 나도 모르게 똑같이 언성을 높였다.

"사람이 이렇게 빡빡한데 어떻게 미리 나와요?"

"뭐야? 그렇다고 사람을 밀어?"

"제가 언제 밀었어요? 내린다고 얘기하고 나가려고 한 건데 아저씨가 안 비켜줬잖아요!"

누군가에게는 흔하디 흔한 가벼운 말다툼일 뿐이지만 나에게는 제법 큰 사건이었다. 낯선 사람과 언성을 높여 싸울 수 있는 존재가 되었다는 사실은 내가 여느 사람들과 다를 바 없다는 것을 말해주는 일이었다.

평범한, 말 그대로 진정한 지구인이 된 것 같았다. 나의 육체가 이곳에 분명히 존재하고 있음을, 목소리로 내 생각과 의견을 누군가에게 전달할 수 있음을 처음으로 실감했다. 나도 어엿한 사회인이 되고 있었다. 이 당연한 것들이 신비롭고 묘한 안도감을 주었다.

회피, 해피

누구나 사람에게는 자신만의 생존 능력이 하나씩은 있다고 생각한다. 어떤 사람은 다른 사람들의 말을 잘 들어주는 능력으로, 어떤 사람은 타인의 성향, 스타일을 재빨리 파악하는 능력으로 살아간다. 남을 잘 웃기는 능력을 가진 사람도 있고, 싸울 때 고래고래 소리를 지르는 것으로 기선을 제압하는 능력을 가진 이도 있다. 어디서나 잘 노는 능력으로, 남을 잘 도와주는 능력으로, 적당히 거리를 두는 냉정함과 무심함으로 생존하는 이들도 있다.

흔히 성격상의 특징이라고 하는 것들이 실은 사회라는 공동체 안에서 살아남기 위해 터득한 제 나름의 능력인 것이다. 나에게도 특출한 생존 능력이 하나 있다. 바로 회피 능력이다. 견딜 수 없는 스트레스 상황에 놓일 때 방음이 잘되는 유리로 만든 방 안으로 들어가는 것이다. 유리방 안에서 보는 세상은 음소거 버튼을 누른 텔레비전을 시청하는 것 같다. 어떤 상황이 벌어지는지 대충은 알아도 정확히 알 수는 없다. 좋을 대로 해석해버리면 그만이다.

어릴 때 가족들과 식탁에 둘러앉아 밥을 먹을 때 종종

아버지에게 꾸중을 들었다. 중간중간 숟가락을 내려놓고 어딘가를 멍하게 바라보며 넋이 나간 채로 있었기 때문이다. 그때 처음으로 나도 모르게 다른 생각에 빠져 있거나 그 상황에 있기 싫으면 듣지 않고 벗어나버리는 버릇이 있다는 것을 알게 되었다. 그러다 보니 가족이나 친구들과 이야기를 하다 보면 내 머릿속에 전혀 기억이 없는 이야기를 듣게 될 때도 많다.

"무슨 소리야? 너도 그때 있었잖아."

"내가 있었다고? 내가 그랬다고?"

기억력에 엄청난 문제가 있다고 생각했는데, 그보다는 나만의 방에 들어가 있느라 애초에 제대로 듣지 못한 경우가 많았던 것이다. 이 생존 능력은 모두가 기억하고 있는 나쁜 경험을 떠올릴 때 나 혼자 자유롭게 떨어져 있을 수 있게 해주거나 전혀 다른 기억으로 왜곡시켜 나를 안전하게 보호한다. 회피가 나를 생존하게 한다. 그리고 해피하게 한다.

흔한 직장인

커피는 셀프

출판사에 다닌 적이 있었다. 외국어 전문 출판사였다. 디자인팀에서 편집디자이너로 일을 하던 26살의 나는 회사에서 막내였다. 경리부에는 직원이 한 명 있었고 모두 그녀를 김대리라고 불렀는데 그녀는 나를 이유 없이 싫어했다. 나중에 안 사실이지만 그냥 싫었다고 한다. 이유 없이 싫어하는 것처럼 대책 없는 것도 없다. 꽤나 고지식한 그녀에게는 나의 옷차림이나 하는 짓이 홀로 튀어나온 못처럼 보여 못마땅했을 것이다.

지금도 이런 회사가 있는지 모르겠지만, 사장은 외부에서 손님이 오면 꼭 경리부 김대리에게 내선 전화를 걸어 커피를 가져오게 시켰다. 으레 그녀가 하는 일 같았다. 그런데 어느 날 김대리가 나에게 내선 전화를 걸어왔다. "지금 사장님 방에 손님 오셨는데 커피 좀 가져다줘요." 너무 쌀쌀맞고 단호한 말투에 짜증이 났지만 바빠 보이기도 해서 대신 가져다놓고 왔다. 그런데 며칠 뒤 또 나에게 커피 심부름을 시키는 것이었다. "왜 제가 해야 해요?"라고 물었더니 "나 바쁜 거 안 보여?"라고 하는 것이다. 퇴근 전 나는 사장과 면담을 했다. 커피 타는 일은 내 일이 아닌데 왜 해야 하는지 모르겠다고 말이다. 물론 현명한 사장이라면 자기가 직접 내려 마시면 될 일이지만, 사장은 "오전엔 경리부가 책 출고로 좀 바쁘니까 정신 없을 때만 해줘. 대신 신입 사원 들어오면 그쪽에 넘기고."

작은 회사여서 어쩔 땐 네 일, 내 일이 따로 없는 경우도 있으니 계속 주장하는 건 떼를 쓰는 것과 다를 바 없었다. 손발 다 있는 사장은 왜 그깟 커피 하나 내리지 못해서 직원들 불편하게 하는지 여전히 이해가 가지 않았지만 이를 악물고 커피잔 나르는 일을 종종 하게 되었다.

얼마 뒤, 신입 사원이 들어왔다. 드디어 회사 막내를 벗어나게 된 것이다. 그리고 며칠 뒤 일이 터졌다. 오전 업무를 하고 있는데 또 내선 전화가 걸려왔다. "지금 손님 온 거 안 보여? 커피 가져 가야지!" 김대리였다. "죄송한데, 신입 사원 새로 왔으니 그쪽에 시키세요. 사장님이 그렇게 하라고 했잖아요." "참 나…… 거긴 남자잖아. 남자한테 어떻게 시켜?"

뭐라고? 남자잖아? 속에서 열불이 나는걸 꾹 참고 그러거나 말거나 나는 신입 사원에게 그 일을 시켰다. 남자고 여자고 무슨 상관이란 말인가. 신입 직원은 얼떨떨한 얼굴로 쟁반에 커피 두 잔을 받쳐들고 사장실에 들어갔다. 잘못한 게 없는데도 심장이 쿵쿵 뛰었다. 손님이 나간 뒤 사장은 불같이 화를 냈다. 어떻게 손님이 있는데 남자 직원이 커피를 들고 들어오게 하냐고 말이다. 어차피 나는 오늘 잘리든 내일 잘리든 두려운 게 없는 날들이었다. 안 그래도 억지로 회사를 다니고 있는 상태였다. 걸핏하면 짜증을 내고 남의 사생활 아무렇지도 않게 선 넘는 김대리, 커피도 못 내리면서 여직원 어깨에 손을 얹곤 하던 사장, 자기 일만 하는 꽉 막힌 나약한 편집부 부장…… 이런 소굴에서 더 일하고 싶지도 않았다.

얼마 뒤 출근하는 전철 안. 숨도 제대로 못 쉬는 지옥철에 이미 파김치가 된 직장인들 틈에 나도 있었다. 문득 오늘도 회사에서 일을 할 생각을 하니 끔찍한 생각이 들었다. 비좁은 틈을 비집고 휴대폰을 열어 편집부 부장에게

"저 오늘 회사 출근 안 합니다. 죄송합니다."라는 문자를 보내고 휴대폰을 꺼버렸다. 전철에서 내려 반대편 플랫폼으로 건너가 그 길로 친구들을 만나러 갔다. 저녁에 집에 와서 휴대폰을 켜보니 예상했던 문자들과 부재중 전화가 와 있었다. '그래, 까짓것 잘리면 잘리는 거지! 뭐!'

다음 날, 잔뜩 각오하고 출근을 했다. 김대리는 여전히 나를 못 본 척하고 있었고 나와 눈이 마주친 편집부 부장은 "으이그……. 잘했다, 잘했어. 사장실에 들어가봐."라고 말했다. 사장실에 문을 열고 들어서는데 마치 며칠 학교를 나오지 않았다가 혼나러 교무실에 불려가는 학생이 된 것 같았다. 테이블을 가운데 두고 사장과 마주 앉았다. "너 요새 집에 무슨 일 있냐?"라고 묻는 말에 나도 모르게 눈물이 주룩주룩 흘렀다. 아무도 내게 괜찮은지 물은 적이 없었다. 부모님 이혼한 거, 집 망한 거, 가족들 뿔뿔이 흩어진 거, 편입 준비도 못 하고 꿈을 접은 거, 돈이 없어서 친구들 잘 못 만나고 다니는 거, 그런 거 다 괜찮은지 말이다. 사장에겐 "집에 좀 일이 있어서 힘들었어요." 라고 말했다.

그리고 경리부 김대리와 커피 문제로 신경전을 하는 것도 힘들다고 말이다. 사장은 정말 담임 선생님처럼 그냥 등을 두들겨주고는(그것도 정말 싫었지만) 알겠다고 했다. 그 날 시말서 한 장을 써야 했다. 에이포 용지에 30포인트 이상 되는 크기의 텍스트로 써서 또 혼이 나긴 했지만 그날 이후 사장은 마침내 혼자 커피를 내릴 수 있는 사람이 되었다.

길치가 물건을 찾는 법

세계 길치 선수권 대회가 생긴다면 나는 못해도 결승에 오를 자신이 있다. 살면서 나처럼 길을 못 찾는 사람을 본 적이 없다. 단연코 나는 엄청나고 무시무시한 길치다. 초등학교 내내 인천 부평에서 살았는데 그곳엔 엄청나게 크고 복잡하기로 악명 높은 부평 지하상가가 있었다(인천-부천 사람들은 아마 잘 알고 있을 것이다).

종종 친구들과 쫄면이나 햄버거를 먹으러 그쪽을 지나다니곤 했는데, 친구나 언니가 옆에 없으면 결코 그 미로에서 빠져나오지 못했다. 지하상가의 구조를 온전히 파악하는 데 몇 년이 걸렸다. 대학교 친구들과 서울 모처에서 약속을 잡으면 친구 하나는 꼭 나를 지하철역 안으로 마중 나왔다.

"역에서 3번 출구로 나와서 직진하면 오른쪽에 골목길 초입 건물 2층에 빨간 간판 호프집이 있거든. 거기 골목 지나서 왼쪽에 보면 OOO 어학원이 있는데……."

보통 이렇게 친구들이 상세히 설명을 해주고, 나는 분명히 들은 대로 걷지만 친구가 알려준 호프집도, 어학원도 보이지 않는다.

"야! 매번 거기서 만나는데 어떻게 못 찾을 수가 있나?"

할 말이 없다. 그런데 길만 못 찾는 게 아니다. 물건도 못 찾는다. "거실 책장에 있는 시계 좀 가져다줘."라는 명령어가 있다고 치자. 그러면 내 머릿속엔 일단 책장 이미지가 떠오르는데 아주 구체적으로 그려진다. 이를테면 색상은 하얗고, 5단 구성에 책 정리는 다소 산만하게 되어 있는 책장이다. 그 다음 손목시계는 아마도 명령어를 준 사람의 이미지에 맞게 금속으로 된 작은 손목시계일 것이라 추측한다. 그리고 보통 시계를 둘 때는 눈높이에 두니까 대충 4단 책장에 있을 것이다.

그 이미지를 갖고 거실로 간다. 전혀 하얗지도 않고 5단 짜리 책장도 아닌 것과 마주친다. 일단 여기에서 1차 혼선을 빚는다. 하지만 어쨌든 분명 4단에 금속 시계가 있을 테니 4단 책장을 찾는다. 그런데 금속 손목시계가 없다. 아래 칸부터 천천히 위로 훑어가며 찾기 시작한다. 머릿속 그림과 끝없이 대조를 해가며 찾는데 결국 시계를 찾지 못한다. 애초에 잘못된 그림 지도를 그린 탓에 그것과 같지 않으니 눈에 보여도 찾지 못하는 것이다.

초등학교 때 소풍을 가서 보물찾기 시간이 되면 엄청난 스트레스를 받았던 기억이 난다. 친구들은 신나게 흩어져 여기저기서 잘도 보물이 써진 종이를 찾아내는데 나는 한 번도 그 종이를 찾은 적이 없다. 뭐가 어디에 있다고 설명해줘도 못 찾는 판국에, 숨겨져 있는 종이 쪼가리를 무슨 수로 찾아낸단 말인가. 구체적으로 상상하는 것은 좋지만 결국 거기에 갇혀버리니 너무도 불편한 능력이다.

화양연화 1

서른. 서른 살이 되었다. 막상 서른이 되고 나니 홀가분한 기분이다. 상황이 크게 달라지지도 않았으면서도 지긋지긋한 20대를 벗어났다는 것만으로도 충분히 괜찮았다. 앞자리가 바뀌면 뭔가 다른 일이 벌어질 줄 알았던 십대 시절부터 나는 앞자리가 바뀌는 날을 이상하게 기다리게 된 것 같다. 이혼한 아버지는 몇 년째 정처없이 다니시며 가끔 내게 와 용돈을 받아가시던 시기였다. 아버지. 아버지. 아버지를 참 미워하던 시기였다. 어쩌다 걸려온 전화를 받으면 여지없이 회사 근처라고 하셨고, 돈이 없다고 하셨다. 아주 어릴 땐 꼭 아빠 같은 남자랑 결혼하겠다고 생각했었다. 한때 작은 회사를 운영하던 남자, 떵떵거리며 살았던 그 남자, 호기롭고 사람 좋아하던 그 남자, 나에겐 가장 멋진 사업가였던 아버지. 그 아버지가 세상 초라한 남자로 서른 살의 내 곁에 있었다. 사업이 망했어도 그는 여전히 사업가로 있기를 바랬다. 택시나 대리운전, 경비, 택배 일이라도 하셨으면 했지만 한때 자신이 얕잡아 보던 그 직업을 가질 수 없었을 것이다. 곧 죽어도 남의 밑에서 일을 할 수 없었을 것이다. 한 번에 무너졌으니 그는 한 번에 일어서고 싶었을 것이다. 무책임한 가장이라고 생각했다.

"왜 울어요?"

사무실 책상에서 열심히 디자인 작업을 하고 있던 내게 직장 동료인 그가 다가와 물었다. 그가 말을 걸고 나서야 눈물을 흘리면서 일을 하고 있었던 걸 알았다. 점심때가 되면 직장 동료들과 함께 마포역 근처 맛집을 찾아 다녔다. 너댓 명이서 시끄럽게 떠들고 놀다 보면 시간이 금방 지나가곤 했다. "근처에 정신과가 있던데, 가서 상담을 받아보지 그래요?" 그가 다시 말을 건넸다. '정신과라니. 그런 게 있었지, 참.' 내가 머뭇거리자 그는 함께 가주겠다며 기어이 병원 앞까지 동행했다.

우울증이었다. 사람이 살면서 우울증에 얼마든지 걸릴 수 있고, 일상 속에서 우울하다는 표현은 수시로 하고 사니까 우울증을 딱히 병이라고 인식하지 못하고 살았다. 약까지 받아 들고 나자 비로소 나의 상태를 객관적으로 보게

되었다. 그는 메신저로 수시로 괜찮은지 물었다. 입사한
지 얼마 되지 않았는데도 새 동료들과는 금새 친분을 쌓았
지만, 늘 외부로 나가야 하는 그와는 좀처럼 친해질 기회
가 없었다. 그런데 병원을 다녀온 이후로 그는 적극적으로
내게 말을 걸어왔다.

"퇴근하고 뭐 해요?"

그가 또 메신저로 물어왔다. "홍대 미술 학원에 후배들
시험 잘 보라고 케이크 사 들고 가려고요." 그는 퇴근하면
어차피 그쪽을 지나니 태워주겠다고 했다. 대신 저녁을 사
달라고. 학원에 친한 후배에게 케이크를 전하고 내려와 그
와 가까운 삼겹살집으로 향했다. 지난번 회식 때 맛있게
먹었던 그 집이었다. 좌식 식당이라 그와 나는 신발을 벗
고 올라와 마주 앉았다. 그는 쉴새 없이 손을 움직이며 열
심히 불판 위의 고기를 뒤집었고 익은 것은 내 앞 접시에
공든 탑을 쌓듯 올리며 웃었다. 까무잡잡한 피부에 유독
검은 곱슬 머리카락이 그와 잘 어울린다는 생각이 들었다.
최근 실연을 당하고 꽤나 힘들어 하던 그가 이제는 그 감

정을 깨끗이 씻어냈는지 첫날 입사 때 보았던 수수한 미소를 띠고 있었다. 그는 웃을 때 유독 소년 같았다. 그것도 순박한 산골 소년 말이다.

"연애 안 해요?" 그가 물었다.

"제가 남자 보는 눈이 없나 봐요. 그간 만난 남자들마다 하나같이…… 어휴, 이제 지쳤어요." 어쩌다 보니 서로의 연애 상담을 해주고 있었다. "내가 생일 선물을 해주잖아요? 그럼 꼭 내 생일 직전에 헤어진다니까." "깔깔깔, 나도 여자 친구가 해달라는 거 다 해주고 나잖아요? 그럼 꼭 차여요." "아 불쌍해. 깔깔깔. 괜찮은 사람을 몰라보네."

순수하고 착한 남자를 왜 다른 여자들이 이용만 해먹었는지 의아해했는데, 그런 생각은 그도 했던 모양이다. 이튿날 그는 퇴근 후 영화 보러 가자고 말했다. 누가 뭐라고 한 것이 아닌데도 우리는 퇴근 후 시간 차를 두고 주차장에서 만나 영화관으로 향했다. 다음 날도 그는 영화를 보자고 했고, 다음 날도 영화를 보자고 했다. 그때마다 집에 바래다주고, 또 바래다주었다. 회사에서 집까지는 못해도

40분이 소요되니 그는 오롯이 80분을 나를 위해 쓰고 있었다.

그렇게 한 달이 지났을 무렵, 퇴근 후 어느 날인가 우리는 월미도에 있었다. 집이 인천이라고 하면 사람들은 일단 월미도부터 떠올리지만 정작 인천 사는 사람들은 월미도를 그리 자주 가지 않는다. 고등학교 시절 친구들과 또 가족들과 함께 갔던 너댓 번이 전부였다. 밤에 간 월미도는 생경했다. 우리는 캔맥주를 마시며 적당한 거리를 두고 나란히 걸었다. 고작 캔 하나에 취기가 오른 나는 바닥에 세워놓은 작은 조형물을 밟고 올라섰다. 그때 그가 다가와 흔들리는 나의 손을 잡았다.

"꺄아아아. 어떡해. 손을 잡았어! 어떡해!! 꺄아아!!"

직장 동료에서 연인으로 넘어간 순간이었다. 나는 어쩔 줄 몰라 소리를 고래고래 질렀다. 서로 업무 내용으로 트집 잡으며 장난을 치던 동료였고, 친한 친구에게 소개해주고 싶을 만큼 착하고 좋은 사람이라는 생각은 했었다. 그런 사람의 손을 잡았다. 손바닥 가득히 그의 온기를 전해

받자 연애 초기 갈팡질팡하며 에너지를 뺏기던 과거의 예민함은 사라지고 바로 안온함을 느꼈다.

화양연화 2

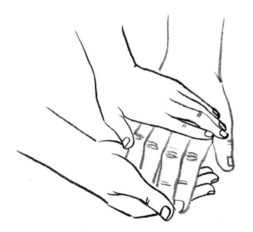

연인이 되어서도 영화관 데이트는 계속되었고, 우리는 더 치밀하게 시간 차를 두고 퇴근했다. 구로역 부근 쇼핑몰 앞에서 만나기로 하고 내가 먼저 퇴근을 한 날이었다. 분명 20분 정도 뒤면 도착한다고 했는데 40분을 기다려도 보이지 않았다. 게다가 내 전화기는 방전. 그가 나를 찾지 않으면 안 되는 상황이었다. 한 시간이 지나서야 겨우 그를 만났다. 이미 영화 보기는 물 건너 간 상황이었다. 내 얼굴은 붉으락푸르락 달아올랐다. "왜! 왜 이제 나타나!!" 분해서 소리를 질렀다. "여기가 아니고 저쪽 문이라고 몇 번이나 말했잖아!" "아니야. 여기라고 했어." 씩씩거리는 내게 그는 차분히 메신저 내용을 보여주었다. 그의 말이 맞았다. 한 시간 넘게 엉뚱한 곳에서 그를 기다리고 있었던 것이다. "그래도! 그래도 그렇지!! 나도 거기까지 갔었단 말이야. 잘 찾았어야지. 이 근처를 빙빙 돌았다면서 왜 못 봤냐고!" 말도 안 되는 떼를 쓰니 그도 결국 목소리가 커졌다. 큰 싸움으로 번질 것 같았다. 이렇게 헤어지게 되는 걸까.

"미안해. 내가 자세히 설명을 했어야 했는데." 뜻밖에도 그가 먼저 사과를 했다. 명백한 내 잘못인데도 말이다. 그동안 이런 갈등 상황이 생기면 분명 대차게 싸우고 서로 고집을 피우다가 괜한 이야기까지 꺼내 서로의 속을 뒤집고 결국 헤어지게 되었는데 말이다. 그런데 그가 먼저 고집을 꺾고 사과를 한 것이다. 나의 속 좁음과 고집스러움이 그의 사과 말에 거울처럼 투명하게 비쳐졌다. 쇼핑몰 바닥에 뒹굴며 떼를 쓰던 어린애 같던 내 모습이 창피해지기 시작했다. '이 사람은 정말 좋은 사람이구나. 나에게 져주고 있어. 그런데 분명 이기는 걸 아는 것 같아. 나는 사과도 받고 부끄러움도 받았네.'

월화수목금토일, 그가 출장을 가는 날이 아니고서는 우리는 빠짐없이 만났다. 주말에는 늘 나를 데리러 인천까지 와서 어디든 나가 데이트를 했다. 온통 잿빛이었던 인생에 선이 그어졌다. 행복한 연애란 이런 것이구나. 이따금 회사 근처로 찾아오는 아버지를 만나는 날이면 여전히 기분은 바닥을 쳤지만 말이다. "진아야. 생일 축하해. 미안하다. 만나면 같이 밥이라도 먹자." 나는 답장도 보내지 않았다. 그리고 사랑하는 이의 문자도 와 있었다. "생일날 같이 못 있어서 미안해." 그는 출장 중이었다. 서운했지만 어쩔 수 없는 일이었다. 지친 몸으로 3층 계단을 올라 복도 끝에 있던 집으로 향하는데, 현관문에 알록달록 색깔의 풍선과 리본이 잔뜩 붙어 있었다. '생일 축하해!'라고 씌어진 커다란 종이도 함께 말이다. 얼떨떨한 표정으로 주변을 두리번거리자 계단 뒤에 숨어 있던 그가 나타났다. "한 번도 남자친구한테 생일선물을 받아본 적이 없다며?" 그는 쑥스러운 얼굴로 선물상자를 내밀었다. 출장 후 곧장 우리 집으로 달려와 복도에서 혼자 그 많은 풍선을 불어서 붙여놓고 나를 기다렸던 것이다.

우리는 그렇게 1년을 더 연애하고 결혼을 했다. 아버지가 뇌종양 수술을 받던 날, "내가 자기를 위해 해줄 수 있는게 없어서 너무 힘들어."라고 말하며 나보다 더 엉엉 울었던 남편으로, 처제 병원비를 기꺼이 내주던 형부로, 딸만 있던 우리에게 아버지의 어려운 병수발까지 해주던 둘째 사위로 곁에 있었다. 우리는 듬뿍 사랑했고 바득바득 싸웠다. 그렇게 찬란한 30대를 오롯이 그와 함께 보냈다. 그의 젊은 미소, 그의 젊은 머리카락, 그의 젊은 팔뚝, 그의 젊은 허벅지, 그의 젊은 입술, 그의 젊은 에너지가 나를 통해 빛났고, 나의 삼십 대도 그를 통해 반짝거렸다. 우리는 십 년을 같이 살았고, 그리고 헤어졌다. 길고 긴 연애가 끝이 났다. 그의 말대로 결혼은 단체 생활이었고, 나는 내가 개인주의자라는 사실을 아주 느리게 깨달았다. 나의 아름다운 시절이 그의 머릿속에 고스란히 저장되어 있다. 좋은 사람의 기억에 남게 되어서, 그저 고.맙.다.

이기적 이타심

오래전 페이스북에 "내가 행복해지려면, 당신이 행복해야겠더라."라는 글을 쓴 적이 있었다. 누군가가 그 게시물에 이런 댓글을 달았다. "이타적인 분이시네요." 그 댓글은 마치 "넌 되게 착하구나."라는 말처럼 들려서 기분이 묘했다. 별로 좋지 않았다. 착하다는 말이 언젠가부터 세상 물정 모르고 순진하고 야무지지 못한 사람들에게 붙는 표현이 되어버렸기 때문이다.

그거야 뭐 어쨌든 내가 행복해지기 위해선 당신이 먼저 행복해야겠다는 얘기가, 그런 생각이 뭐가 이타적인 것인지 의아했다. SNS에서는 글을 짧게 쓰는 게 미덕이기도 하고, 나는 앞뒤 생각 다 자르고 알아먹지 못할 말을 툭 던지는 유형의 사람이라 읽는 사람이 더 그렇게 받아들였을 수도 있다. 그렇다고 해도 날 잘 알지도 못하는 사람이 나를 정의 내리는 듯한 댓글을 남기는 것에 괜한 반발심이 생겼다.

'이타적이라고? 대체 어디가?' SNS의 특성 자체가 편집된 글, 보정된 사진이 오해와 충돌을 일으키며 흘러가는 곳이기는 하다. 멋스럽게 꾸며진 텍스트와 이미지가 적당히 소비되는 만큼 듣고 싶은 말을 해주거나, 듣고 싶은 대로 들어버리면 그만인 곳이니 말이다. 그러니 소셜 미디어에 뭔가 제대로 글을 남기고 싶을 때는 정말 신중히 생각해서 써야 하고, 어떠한 오해를 받을 가능성도 늘 염두에 두고 있어야 한다.

머리로는 그런 점을 다 이해하고 있는데도 어쩐지 "이타적인 분이시네요."라는 글은 계속 뭔가 좀 찜찜했다. 그러다가 문득 내가 정말 이타적인 인간인지에 대해 생각해보기 시작했다. 평소 전화 통화를 거의 하지 않던 사람에게 전화가 걸려올 경우 "오랜만이야."라고 받는 사람도 있지만, "무슨 일이야?"라고 묻는 사람도 있다. 내가 후자에 해당한다. 그렇게 묻고는 무슨 큰일이라도 났다는 소식이 있을까봐 가슴을 쿵쿵대며 긴장한다. 그러다 아무 일도 없다는 얘기를 들으면 이내 안도하다가 '그럼 별일도 아닌데 굳이 왜 전화까지 했지?' 하는 생각에 괜한 짜증이 난다.

그런데 나뿐만 아니라 우리 집 식구들은 다 그렇게 전

화를 받는다. 우리 집은 어디 내놔도 빠지지 않을 사건 사고가 끝없이 벌어지는 편이라 다들 아무 연락이 없는 게 희소식이 되어버렸다. 다들 떨어져 살고, 서로 연락도 잘 하지 않아 그 모든 게 다 어느 정도는 당연하게 여겨진다. 그저 각자 자기 위치에서 아무 문제없이 조용히 있어주기 만을 바라는 것이다. 네 문제가 내 문제가 되지 않도록 말 이다.

마치 정리 정돈을 잘하는 사람은 부지런해서라기보다는 그렇게 되어 있는 것이 심신의 안정을 주기 때문인 것처럼, 나 역시 주변 상황이 정리 정돈이 잘되어 있는 것이 중 요한 사람인 것이다. "내가 행복해지려면, 당신이 행복해야 겠더라."를 조금 달리 풀어 쓰면 "아, 좀! 제발 아무 일 없이 잘 좀 살도록 해! 나 신경 쓰지 않게."가 될지 모르겠다. 그 렇다면 나는 결국 이타적인 사람이 아니라 이기적인 사람 에 가깝다는 게 내 결론이다. 굳이 그 사람의 댓글에 대댓 글을 달았다. "아닌데요, 그 반대입니다."

오토바이

얼마 전부터 오토바이를 타기 시작했다. 마흔이 넘은 나이에 자동차 면허를 땄으니 늦어도 너무 늦게 딴 것인데, 사실 자동차 운전을 위해서가 아니라 오토바이를 타고 싶어서 딴 것이었다. 자동차 구입, 유지에 드는 비용이 부담스럽기도 했지만 그보다는 그냥 오토바이가 너무너무 타고 싶었다. 늦바람도 이런 늦바람이 있을까.

면허를 따기도 전에 오토바이 헬멧부터 구입했다. 도로를 시원하게 내달리는 모습을 상상하며 1종 보통 면허를 땄다. 1종 보통으로 시험을 본 이유도 스쿠터보다는 멋지게 매뉴얼 바이크로 입문하고 싶었기 때문이다. 아무래도 매뉴얼 바이크는 수동 조작을 해야 하니까 클러치, 액셀러레이터, 기어 조작을 미리 익혀두면 좋을 것 같았다. 자동차 면허로는 125cc까지의 바이크를 탈 수 있다. 그리하여 현재 내 오토바이는 125cc 매뉴얼 바이크다. 배기량은 작지만, 시속 100km까지는 너끈하다.

뻥 뚫린 도로에서 달리다 보면 속력을 최대치로 올리고 싶은 욕망이 생긴다. 다 내려놓고 느리게 천천히 사는 게 좋지 않냐고 얘기하는 나지만, 오토바이를 타면 조금 달라진다. 기어도 끝까지 올리고 엑셀도 쥐어짜 당기면 앞으로 획익 하고 달려 나간다. 바람의 저항을 덜 받으려고 허리를 숙이면서 마치 대단한 레이서라도 된 듯 진지한 표정을 짓는다.

도로 옆 풍경은 빨리 감기로 재생되면서 색면 추상처럼 획획 지나가고 오로지 눈앞에 소실점만이 선명해진다. 그렇게 시야가 확 좁아진다. 시속 200km로 달리면 정말 눈앞에 보이는 게 점 하나밖에 없다고 한다. 하지만 고속 주행을 오래 지속할 수는 없다. 그런 긴장 상태로 계속 달리는건 불가능하다. 거센 바람과 공기 저항에 몸이 금세 피곤해지고 멍한 상태가 될 수 있다.

어느 정도 순간의 속도를 즐기고 난 뒤에는 다시 주행속도를 낮춰 안정적으로 안전하게 달려야 한다. 속도를 줄이면 비로소 주변 풍경을 하나하나 눈에 담을 수 있고, 괜찮은 카페나 식당이라도 발견하게 되면 그대로 멈춰 잠시 들른다. 몸과 마음의 긴장이 풀리는 휴식 시간이다. 달리는 것도 좋지만, 그렇게 잠시 쉬어갈 때 기분이 더 좋다. 달려온 길을 돌아보면서 뿌듯한 마음도 생기고 그때 마시는 한 잔의 아이스 아메리카노는 우승자에게 주어지는 트로피처럼 보상받는 기분마저 준다.

더 잘 달리기 위해, 새로운 추진력을 얻기 위해 쉬어야 한다는 교훈적인 설명은 매력 없고 지루하다. 그저 피곤하니까 쉴 만하니까 쉬는 것뿐이다. 무슨 쉬는 것까지 꼭 어떤 가치를 부여해야 할까? 그건 너무 강박적이라는 생각이 든다. 그저 내 몸이 원하니까, 휴식이 필요하니까 쉬는 것이다. 그게 가장 자연스럽고 타당한 이유인 것 같다.

고기가 당기는 것은 몸이 고기를 원하기 때문이라는 말이 있다. 단백질, 칼슘, 철분이 필요하니 고기를 먹어야겠다고 생각하면서 먹는 사람은 거의 없을 것이다. 그냥 먹고 싶어서 먹는 거지. 자기도 모르게 멍때리고 있는 순간이 늘어난다면, 몸과 마음이 그걸 필요로 한다는 것 아닐까? 우리 시대에 소진 증후군이라는 말까지 생겨났다는 것은, 모두에게 멈춰 쉬는 것이 매우 절실히 필요하다는 방증일 것이다. 멍때리기는 시간 낭비가 아니다. 그저 커피값 정도의 작은 사치일 뿐.

제3장. 예술인 웁쓰양

기회

6인실 병실에 아버지가 누워 있었다. 의식이 전혀 없었다. 아버지는 뇌종양 판정을 받고 곧 수술을 받게 될 예정이었다. 엄마 아빠의 이혼 후 아버지를 보는 건 기껏해야 일 년에 서너 번이 전부였던 터라 갑작스레 맞이한 아버지의 상태는 가족 모두에게 큰 충격이었다.

처음에는 의식 없는 아버지를 바라보며 가족 모두 눈물을 흘릴 뿐이었지만, 이내 수술비, 약값 등 현실에 부딪혀 온전히 슬퍼하는 시간은 길게 이어지지 않았다. 가족끼리 병원 복도에서 복화술로 다투는 일도 잦아졌고, 엄마와 세 딸 모두 예민해질 대로 예민해져 있었다. 그러던 어느 날이었다.

"안녕하세요. 웁쓰양 작가님이시죠? 저는 KT&G 상상마당 신진작가그룹전 큐레이터입니다. 평론가 반이정 선생님이 추천해주셔서 전시 참여 가능하신지 여쭤보려고 전화 드렸어요."

"네? 아……, 네……?!"

병실에 있다가 모르는 번호로 걸려온 전화를 받으러 복

도로 나간 나는 뜻밖의 연락에 얼떨떨해졌다. 이건 또 무슨 상황이지? 이런 건 드라마에서나 볼 수 있는 그런 장면 아닌가? 혼자서 그림을 그리며 보낸 2년여 동안 내가 정말 제대로 그림을 그리고 있는 건지 궁금했다. 미대를 나오지 않았기 때문에 내 그림이 제도권에는 어떤 느낌으로 비칠지 가늠할 수 없었고, 당연히 주변에 그림을 평가해줄 만한 동료나 교수, 평론가도 없었다.

나는 오직 인터넷 검색을 통해 평론가를 찾아보기로 했다. 그렇게 해서 찾게 된 매개체가 미술 평론가 반이정 선생님의 블로그였다. 용기를 내 그분에게 메일을 한 통 보냈다. 만약 그 평론가가 "이따위 것을 그림이라고 그린 거야? 당장 집어치워!" 같은 메일을 보내올 경우를 상상했지만, 만약 그런 답장을 받더라도 계속 그림을 그리겠다는 다짐을 한 뒤 메일을 보냈다.

답장을 기다리며 얼마나 긴장했는지 모른다. 돌아온 답변이 나쁘지 않았다. 최악의 시나리오를 상상하던 내게는 꽤나 괜찮았다. '그래, 그럼 계속해도 되겠구나.' 생각할 정도의 위안이 됐다. 그런데 얼마 후 바로 그 반이정 평론가님이 홍대 상상마당에서 열리는 신진작가그룹전에 나를 추천했다는 전화까지 받게 된 것이다.

복도에서 작은 소리로 통화를 끝내고 나니 조금 전까지 어둑하고 칙칙하게만 느껴졌던 병원의 공기가 한결 화사한 빛으로 바뀐 것 같았다. 나는 가족들에게 이런 큰 기회가 찾아왔으니 병원을 전처럼 자주 오기는 힘들 것 같다고 얘기했다. 우리는 간병인을 한 명 구하기로 했다. 그 선택은 우리 가족 모두를 편안하게 해주었고, 나도 본격적으로, 매우 당당하게 내 그림 작업에 매진할 수 있게 됐다.

밖으로

서교육십. 전문적으로 미술을 하는 사람이 아니라면 그게 뭔가 싶겠지만, 과거 〈서교육십西橋六十〉 전시는 유망한 신진 작가들의 쇼케이스 같은 것이라 나를 비롯한 무명 작가들에게는 꿈꾸기도 어려운 자리였다. 주목할 만한 신예 작가 60명이 서교동에 위치한 KT&G 상상마당에 모여 펼치는 공동전으로 1~2개월간 열리는 제법 큰 행사였다 (안타깝게도 지금은 이 전시가 열리지 않는다).

2~3층 전시장을 가득 채운 작품들 사이에, 내가 생판 몰랐던 작가들 사이에(그러니까 나름 쟁쟁한 신인 작가들 사이에) 내 그림이 걸리게 된 것이었다. 나도 저명한 평론가의 추천을 통해 공식적으로 초대받은 작가였지만, 대학에서 미술을 전공하지 않았다는 것에 대한 자격지심으로 오프닝 첫날 내내 쭈뼛거리며 벽으로만 붙어 다녔다. 누가 내 작품을 보고 아마추어 같다는 말을 하지 않을까 두려웠다.

평소와 달리 그럴싸하게 차려입은 옷도 스스로 민망하게 느껴졌다. 내 그림 곁으로는 가지도 않고 거리를 뒀다. 멀찍이 떨어져 바라보면서 마치 작가가 아니라는 듯 보통

관람객처럼 전시장 전체를 오가며 내 작품을 모르는 척했다. 누군가가 내 작품 앞에서 좋지 않은 말을 한다면 그 말을 듣고 있을 자신이 없었기 때문이다.

식은땀 나는 오프닝이 끝나고 집으로 돌아와 침대에 쓰러졌다. 좋은데 좋지가 않았다. 기쁜데 기쁘지 않았다. 큰 전시를 통해 작가로 데뷔하게 된 기쁨보다 오늘 전시장에서의 나의 떳떳하지 않은 모습이 자꾸 떠올랐다. 당당하지 못했고, 비겁했고, 바보 같았다.

'어휴, 등신아. 왜 당당하지 못해? 그 벽에 걸린 다른 작가 그림들과 네가 그린 그림이 다를 게 뭐 있어? 미대 나오지 않은 거? 그게 뭐 어때서? 반대로 생각하면 미술을 전공하지 않았음에도 유망한 작가들과 함께 전시한 것이니 오히려 더 대단한 일을 한 거 아냐? 근데 왜 그랬어? 뭐가 그렇게 창피했어?'

'아니지, 아니야. 내가 계속 그 자리에 있지 않아서 못 들은 거지 아마 사람들이 분명 내 작품 엄청 욕했을 거야. 아니 이런 한심한 그림이 왜 여기 걸려 있는 건지 모르겠

다고 했을 거야. 내가 봐도 내 그림만 초라해 보였던 것 같
아. 누가 봐도 수준에 맞지 않는 그림이 하나 걸려 있던 게
분명 눈에 띄었을 거야. 나를 추천한 평론가도 후회하고
있는 거 아닐까?'

내심 나 자신을 자랑스럽게 대견하게 느꼈던 마음이 어
느새 부끄러움으로 뒤덮이고 있었다. 며칠 뒤 다시 전시장
을 찾았다. 친구들이 전시를 보러 왔기 때문이다. 평일 낮
이라 오프닝 날처럼 붐비고 정신없던 느낌은 온데간데없
었고, 조용하고 차분한 분위기였다. 드문드문 오가는 소수
의 관람객들이 있을 뿐이다.

"야, 내 그림 안 쫄려? 괜찮아?"

"어, 하나도 안 쫄려. 멋진데? 대단해!"

미술을 잘 모르는 친구들의 얘기는 사실 크게 위로가
되지는 않았지만, 그래도 그날은 다른 사람들의 눈치를 보
지 않고 당당히 내 그림 앞에서 사진도 찍고 함께 전시하
는 다른 아티스트들의 작품도 좀 더 여유롭게 살펴보았다.
집에 오니 블로그 이웃이었던 배미정 작가에게 메시지가

와 있었다.

"읍쓰양, 전시 잘 봤어요. 그림도 멋지고 정말 잘 했어요. 그렇게 걱정하더니 그림 좋기만 하던데요. 그런데, 캔버스 짤 때 택커(Tacker, 압정 또는 핀을 박는 공구. 일명 타카)는 작품 뒷면에 해야 하는 거예요. 내가 보니까 타카가 다 캔버스 옆면에 있더라고요. 그래서 캔버스 짜는 법 모르는 분이신가 했어요. 근데 괜찮아요. 그게 뭐 어때서요."

그림이 문제가 아니었다. 나는 캔버스 짜는 법도 몰랐고, 그래도 본 건 좀 있어서 대충 흉내를 냈는데, 제일 중요한 걸 놓치고 있었던 것이다. 진짜 창피한 건 그거였다. 그리고 다시 전시장을 찾아 다른 작가들의 작품을 보니 정말 타카가 보이는 캔버스는 내 것 하나밖에 없었다. 그 사실에 얼굴이 붉어졌다.

'아! 제발 아무도 눈치 채지 마라. 제발……'

무식하면 용감하다더니 그게 나에게 딱 들어맞는 말일 줄이야.

지랄과 발광

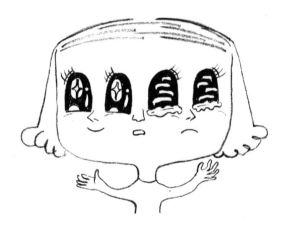

이제 본격적으로 작가로 데뷔를 했으니 작업실이 필요하다고 생각해 바로 실행에 옮겼다. 내 첫 작업실은 집에서 도보 5분 거리에 있는 4층짜리 상가 건물의 2층이었다. 집에서 가까웠기 때문에 출퇴근에 부담이 없었고, 나름 역세권 작업실이라 주변에 식당이나 카페도 있어서 답답할 때 기분 전환할 곳도 꽤 많은 위치였다.

11시 정도에 출근해서 대충 청소를 하고, 신나는 음악을 틀고 커피를 내리고서 어제 그리다 만 캔버스를 쳐다보며 막춤을 추고 나면 작업을 위한 예열이 끝난다. 때로는 원하는 방향으로 작품이 완성되어 가는 것을 보면서 흥분하는, 소위 말하는 업(UP)된 상태가 오기도 한다.

도파민 분비가 활발해지면서 주체할 수 없는 황홀감을 느끼게 된다. 오직 나와 캔버스만 존재하는 시간 안에서 붓이 캔버스 위에서 춤을 추면 격정적인 감정이 끓어오른다. 그런 기분은 회화 작업 중종 느끼게 되는데 세상에서 가장 행복한 사람이 되면서 자신감과 만족감이 가득 차오른다. 그게 더 격해지면 심장이 두근대서 잠시 붓을 놓고 멍하니 그 기분에 취해 있다.

그렇지만 대개 작업실을 채우는 건 지랄과 발광의 시간이다. 작품이 흡족한 상태로 진행됐던 날은 다음 날 아침에도 기대감으로 발걸음이 가볍지만, 막혀 있던 작품을 다시 마주해야 하는 출근길은 머릿속이 복잡하기만 하다. 막춤으로 에너지를 올려봐도 딱히 나아지지 않는다. 전시 일정이 없다면 노트북 앞에서 딴짓이라도 하겠지만 그럴 상황이 아니니 캔버스 앞에 억지로 나를 묶어둔다.

테레핀 냄새와 커피 냄새가 섞인 퀴퀴한 작업실에서 물감이 떡칠된 앞치마를 두르고 있으니 매일매일 같은 날을 반복해 사는 기분이다. 책상 위에 놓인 대가들의 화집을 뒤적이거나, 다른 작가들의 도록을 훑어보다 눈앞에 보이는 내 그림을 보면 절로 깊은 한숨이 나온다. 캔버스 쪼가리에 시험 삼아 붓질을 해본다.

'왜 나는 저런 발색이 안 나오지?'

'왜 내 그림은 마무리가 어설프지?'

'이거 어떻게 한 거지? 왜 난 안 되지?'

'다시 그릴까? 아냐, 시간이 없어. 어떻게든 끝내야 해!'

캔버스 속 그림을 째려보며 이제 진짜 싸움을 시작한다. 작심하고 물감을 묻힌 깨끗한 붓을 칼처럼 뽑아 들어 대결을 벌인다. 한참 싸우다 지치면 작업실 안을 걸어 다니며 숨을 고르고 다음 대결을 준비한다. 그리고 저녁때 고픈 배에 허리가 펴지지 않을 즈음 직감한다.

'오늘도 아름다운 쓰레기가 하나 탄생했구나.'

덧칠에 덧칠을 해가며 살리려던 그림은 캔버스에 발린 물감의 무게만큼 우울하다. 망한 캔버스를 뜯어내며 세심하지 못한 작업 습관을 탓하고, 애초에 재능이 없는 게 아닐까 이유를 찾는다. 뜯은 캔버스의 무게를 느끼면서 이게 차라리 고물이었다면 얼마나 받을까 하는 생각을 하며 그야말로 값비싼 쓰레기를 발로 밟아 망가뜨린다.

분명히 며칠 전에는 황홀함 속에서 엄청난 작품을 만들던 유능한 화가였는데 뭐가 어떻게 된 걸까? 나는 참 중간이 없다.

딴짓

상상마당에서의 큰 전시를 끝내고 개인전의 기회도 갖게 되었다. 크고 작은 미술 잡지로부터 인터뷰 제의도 받으면서 그동안 혼자 말없이 땀 흘려온 시간들이 조금은 보상을 받는 것 같은 기분도 들었다.

작가로서 곧 나의 자리를 찾을 것 같은 기대감도 생겨났지만 2년이 지나도록 달라지는 게 없었다. 여전히 동료 작가라고 부를 만한 사람은 주변에 없었고, 전시를 하자는 제안도, 작품을 구입하고 싶다는 연락도 없었다. 고요하기만 했다. 작업실에 콕 처박혀 계속해서 지랄과 발광의 시간들을 보내고, 처음으로 150호짜리 큰 그림을 그리며 한 달여의 긴 싸움에 지쳐갈 무렵 문득 이런 의문이 들었다.

'그림이 안 팔리는 이유는 미술에 관심 있는 소수 말고는 대부분 그림에 관심이 없기 때문이잖아. 현대 미술이 어려운 탓도 있겠지만, 도대체 누가 일부러 관심도 없는 미술관에 가서 비싼 돈 주고 시간을 죽이겠냐고. 미술에 무관심한 대중들의 눈높이에서 맞게 부담 없이 가까이서 편하게 작품을 볼 수 있는 기회를 주면 미술에 관심 갖는

이들이 늘어나지 않을까?'

제법 건설적인 작가의 생각이었다.

'그렇다면 이 시장을 내가 한번 선점해볼까? 재래시장에서 그림을 팔면 재미있을 것 같은데. 시장이야말로 보통 사람들이 모이는 곳이잖아. 그냥 집에 인테리어용으로 걸어두면 딱 좋을 정도의 그림을 그려 저렴하게 파는 거야. 그러면 대중들은 점차 내 그림에 매력을 느끼게 되겠지. 장차 나의 잠재 고객이 될 수도 있을 거고. 훗날 내 그림이 팔릴 시장을 내가 미리 만들어놓는 셈이지.'

이렇게 다소 엉뚱한 생각이 의식의 흐름대로 흘러가게 되었다. 그리고 시장에서 내가 그린 그림을 직접 파는 장면을 상상하며 확실히 재미는 있겠다는 생각에 빠져버렸다. 작업실 안에서만 혼자 시간을 보내는 게 무료했던 차에 이건 정말 재밌는 놀이가 될 수 있을 듯했다. 바로 몇 장의 제안서를 작성했다.

첫 경험

작업실 밖은 화창한 가을날이었다. 친구와 가벼운 통화를 끝내고 다시 붓을 들어 그림을 그리려는데, 갑자기 심장이 멈칫하더니 숨이 쉬어지지 않았다. 왼손으로 바닥을 짚고 주저앉아 오른손으로는 왼쪽 가슴에 손을 대보았다. 쿠쿵! 쿠쿵! 소리를 내는 정상적인 심장 박동이 아니라 쿠! 쿠쿵쿠! 쿠! 쿠쿵쿠! 쿵! 하며 요상하게 뛰고 있었다. 왼쪽 가슴을 부여잡고 '젊은 나이에 이렇게 심장 마비로 세상을 뜨는 것인가?' 겁에 질려 상상의 나래를 펼치고 있었다. 잠시 후 심장이 안정을 되찾고 정신도 돌아왔다. 하지만 금방 자리에서 일어날 수 없었다. 무섭기도 했지만 묘한 쾌감도 들었다. 처음 느껴본 발작이 신기했던 것이다. '뭐지? 심장병이라도 생긴 건가?'

아주 나중에서야 그 증상이 공황 발작이었다는 사실을 알게 되었다. 아니, 공황 장애는 연예인들이나 걸리는 병인 줄 알았는데, 왜 내게 그런 일이 찾아 왔는지 알 수 없었다. 그리고 한동안은 증상이 없었기 때문에 나도 모르는 스트레스로 인한 일시적인 발작으로 생각했다.

아버지 사업이 망해서 하루아침에 낡은 빌라로 이사 가게 되었을 때도, 부모가 이혼해 가족이 모두 뿔뿔이 흩어져 집에 홀로 남겨졌을 때도 슬픔과 고통을 느끼기 전에 이상하게도 묘한 흥분을 먼저 느꼈던 것 같다. '세상에…… 내 인생이 얼마나 멋있으려고 이런 엄청난 일들이 연달아 일어나는 거지? 나 얼마나 훌륭한 사람으로 만들어주려고 이러는 거지?' 하고 생각했다. 이런 대책 없는 긍정적 사고는 아이러니하게도 나를 불행에 깊이 빠지지 않도록 도와주곤 했다. 하지만 역효과도 있었다. 실제 나의 감정을 마주하지 않고 재빨리 덮기 바빴던 행동이 나도 모르는 사이에 임계점을 넘고 있었던 것이다. 다른 사람은 다 속여도 끝내 자기 자신은 속이지 못한 것이다. 결국 공황 장애라는 병을 얻고 본격적으로 약을 먹기 시작했다.

대장금

언젠가부터 밤에 잠을 자려 하면 이따금 숨이 잘 쉬어지지 않아 일어나 물을 마시거나 진정될 때까지 소파에 누워 있기도 했었다. 스트레스를 많이 받았나 보다 하고 그냥 지나쳤었는데 그럴 일이 아니었던 모양이다.

막연하지만 심장의 문제라기보다 심리적인 문제라는 걸 직감했다.

"언니 심리 상담 한번 받아볼래?"

미술심리치료사 자격증을 땄던 후배가 아는 곳을 소개해주면서 상담을 받아보길 권했다. 마음의 건강을 검진받는다 받는다고 생각하고 방문해보기로 했다. 상담을 받으러 가면 처음엔 부모에 관한 이야기부터 어릴 때 자라온 환경에 대해 질문을 받는다.

"부모님은 어릴 때 자주 다투셔서, 지금도 싸우는 분위기나 큰 소리가 들리면 겁을 많이 먹어요. 음악도 크게 못들어요. 불안해져서. 음…… 그리고 저는 생각도 많고 공상을 좀 많이 하는 편이에요. 사춘기 내내 외계인이라고 생각하고 살았거든요. 그래서 그런지 현실 감각이 많이 떨어지는 편이에요."

"그거 심각한 우울증 증세인데. 자폐성 우울증을 앓았었네요."

"네? 자폐성 우울증이요? 저는 공상을 잘하는 애라서 그런 줄 알았는데……"

돌이켜 보니 언니와 동생은 집 또는 학교에서 받은 스트레스를 외부로 표출하면서 집에서는 부모님과 학교에서는 선생님과 맞서면서 세상을 배워나갔지만, 나의 경우는 우주로 숨어버리는 선택을 했던 것이다. 이미 그 세계를 나온 뒤에도 습관이 남아서 투명한 유리방을 만들어 숨는 것을 반복했던 것이다. 문제는 또 있었다.

"가족이나 친구들에게 본인의 장단점 세 개씩 물어서 적어 오셨어요?"

"네, 여기요."

"음…… 언니는 단점을 '게으르다'라고 하셨네요?"

"네."

"기분이 어땠어요?"

"그렇게 생각할 수 있겠구나 싶었어요. 언니는 예술하는 사람의 생활을 잘 모르니까."

"기분이 어땠냐고요. 생각 말고요."

"……어, 언니는 제가 낮에 늦게 일어나지만 새벽에 자는 걸 모르니까 그렇게 생각 할 수 있다고……."

"본인 왜 그렇게 게을러요?!"

상담사가 갑자기 큰 소리로 나에게 왜 그렇게 게으르냐고 물었다. 나는 흠칫 놀랐다. 그러자 그는 다시 말을 이어 나갔다.

"지금 본인 기분 어때요?"

"기분 나쁜데요?"

"왜요?"

"게으르다고 하시니까요."

"아까 언니가 한 말은 이해한다고 하면서 제 말엔 왜 기분이 나빠요?"

상담사의 말에 의하면 나는 상처받고 싶지 않아서 감정을 온전히 느끼지 않는다고 한다. 보통의 사람들은 감정을 먼저 느끼고 이성의 필터를 거쳐 반응하게 되는데, 나의 경우는 이성의 필터를 먼저 거쳐 나오는 감정을 나의 감정이라고 착각한다는 것이다. 나는 감정조차도 자폐적인 것일까.

상담사는 순간의 감정을 온전히 느껴보라고 했고, 특히 부정적인 감정이 들 때 숨기지 말고 그 감정을 상대에게 얘기하라고 조언해주었다. 하지만 '왜 다 마주해? 회피할 수 있고 숨을 수 있으면 숨어버리는게 나쁜 건 아니잖아? 누구에게 피해를 주는 것도 아니고. 적당히 나를 속이는 건 스스로를 보호하는 거잖아.' 하는 반감이 들었다.

감정도, 생각도 꺼내 보이지 않는 것은 어찌 보면 소통을 거부하겠다는 표현일 것이다. 문제는 그렇게 속을 다 보이지도 않으면서 이해받기를 바라는 데 있다. 하지만 사랑한다고 말하지 않으면 사랑하는 줄 모르고, 미안하다고 말하지 않으면 미안하게 생각하는 걸 모를 수밖에 없다. 짐작과 추측은 빗나가기 일쑤다. 타인의 마음과 생각의 여백을 읽는 일은 쉬운 일도 아니고, 제대로 읽기도 어렵다.

그러니 말을 해야 한다. 기분이 나쁘다고, 화가 난다고. 홍시 맛이 나서 홍시 맛이 난다고 했던 대장금처럼 너무도 당연하게.

첫 퍼포먼스

자전거를 타기에 너무 좋은 어느 날이었다. 준비한 기획서와 포트폴리오, 액자에 끼운 그림 세 점, 명함을 가방에 잘 넣고 삼십 분 가까이 페달을 밟아 부평 재래시장에 도착했다. 시장 상인에게 물어물어 겨우 '부평 재래시장 상인 협회'를 찾아갔다. 거절당할 수도 있다는 생각보다는 내 얘기를 듣고 좋아할 담당자의 모습만 머릿속에 있었다.

상인 협회 사무실에 들어가 준비한 기획서, 포트폴리오, 그림을 차례로 꺼내 보여드렸다. 세일즈맨이 된 것 같은 낯선 기분이었지만, 다행히 담당자의 얼굴이 심드렁한 표정은 아니었다. 내심 안심하며 말을 계속 이어갔다. 좋은 기획이기는 한데 재래시장에는 자리가 마땅치 않으니 젊은 층이 더 좋아할 만한 '문화의 거리'의 협회장님을 만나 보라며 전화번호를 하나 주셨다.

다시 페달을 밟아 부평 문화의 거리를 찾아갔고 협회장님을 만나 기획서와 포트폴리오, 가져간 그림 세 점과 명함을 내밀고 설명을 드렸다. 문화의 거리에서는 다양한 이벤트와 행사를 많이 하니 이것도 좋은 기획이 될 것 같다는 답을 들었다. 그러나 시설 국장님과 더 얘기를 해봐야 한다고 했다.

또 다시 자전거를 타고 시설 국장님을 만나러 갔다. 한 번 더 기획서, 포트폴리오, 그림, 명함을 내밀고 마치 처음 인 것처럼 열심히 설명을 했다. 좋은 결과만 얻을 수 있다 면 백 번이라도 더 같은 얘기를 할 수 있었다. 내부 회의를 거쳐 다시 연락주겠다는 얘기를 듣고 집으로 돌아왔다. 결 정된 게 아무것도 없는데도 몇몇 관계자들을 만나고 왔다 는 것만으로 마냥 뿌듯한 하루였다.

그리고 며칠 뒤, 시설 국장님으로부터 자리를 마련해줄 테니 한번 잘 해보라는 전화를 받았다. 비록 당초 내가 계 획했던 시장의 생선가게 옆은 아니지만, 분식, 생활용품을 파는 이동식 점포들 사이에서 그림 장사를 할 수 있게 되 었다. 그림 그리는 일은 잠시 미루고 한번 제대로 놀아볼 기회가 생긴 것이다.

고등어를 사려다 그림을 사다

거의 한 달 동안 15cm x 10cm 정도 되는 그림을 100개나 그렸다. 하루에 서너 장씩 그리다 보니 시간이 지날수록 그림 그리는 속도도 빨라지고 퀄리티 역시 나아지고 있었다. 어느새 장사를 시작해야 할 날도 부쩍 가까이 다가왔다. 먼저 블로그에 홍보 포스터와 글을 올렸다. 그리고 시장 상인들에게 인사도 할 겸 개업식을 하기로 했다.

친구들도 가능한 많이 초대해서 떠들썩하게 열고 싶었다. 작은 카트에 그림을 가득 싣고 의자와 그림 걸개, 돗자리, 두꺼운 종이로 만든 입간판, 소형 메가폰, 꽃무늬 바지, 전대, 밀짚모자 등을 실었다. 제법 장사꾼스러운 패키지가 완성된 듯했다. 콜택시를 불러 짐을 싣고 부평 재래시장에 도착했다. 다행히 5월의 화창한 일요일이라 문화의 거리에 사람들이 북적였다.

좌판을 깔고 그림을 바닥에 늘어놓고 일부는 철망 걸개에 걸어 그림이 잘 보이도록 했다. 그리고 종이 박스를 잘라 만든 간판을 세웠다. 사람들이 호기심 가득한 눈빛으로 바라보며 지나가는 것이 느껴졌다. 친구들도 개업식 축하를 위해 모여 있었다. 나는 마치 무대에 오르기 위해 무대 의상으로 갈아입는 뮤지션처럼 꽃무늬 셔츠와 몸뻬 바지를 입고, 빨간색 전대를 차고 밀짚모자를 썼다. 한 손에는 메가폰을 들었다.

"안녕하세요. 오늘부터 시장에서 그림 장사를 시작하는 장사꾼 움쓰양입니다. 저는 앞으로 이곳에서 5일간 그림 장사를 하려고 합니다. 많은 사람들이 시장에서 여러 가지 물건을 사는데, 저는 여러분의 장바구니 속에 고등어와 그림이 함께 들어 있기를 바랍니다. 싱싱한 그림이 많이 준비되어 있으니 편하게 구경하시고 마음에 드는 그림은 구입도 해주세요. 그럼 지금부터 개업식을 시작하겠습니다."

나는 전대 주머니에 가득 넣은 종이 색지를 한 움큼 집어 머리 위로 뿌리며 무대 쪽으로 걸어가 친구들이 잡고 있는 테이프를 커팅했다. 박수 소리와 함께 음악을 하는 친구의 개업 축하 공연이 이어졌다. 첫 곡은 요청대로 하찌와 TJ의 「장사하자」라는 노래였다. 공연이 시작되자 지나가는 행인들도 하나둘 장사하는 곳으로 몰려들었다.

개업식은 성공적으로 마무리되었다. 친구, 지인들이 그림을 한두 개씩 사줘서 꽤 많은 작품을 팔았다. 그리고 남은 4일간 매일 같은 시간, 같은 장소에서 계속 그림 장사를 했다. "그림 사세요! 그림! 고등어가 3마리에 만 원, 옵쓰양 그림도 하나에 만 원!"

새로운 발견

'어라? 나 사람들 앞에서 뭔가를 하는 게 별로 어렵지 않네?!' 가까운 친구들과 있을 때는 재미있는 사람에 속하기는 하지만 어릴 때부터 그저 내성적인 성격이 내 전부라고 생각했는데, 서른이 넘어서 나는 생각보다 그런 사람이 아니라는 걸 깨닫게 되었다. 나는 의외로 사람들 앞에 나서는 걸 좋아하는 사람이었다.

무엇보다 뭔가 꼭 해야만 한다는 나름의 당위성이 생기면 엄청난 동기가 되어 나도 모르는 사이에 실제로 그걸 하고 있게 되는 일이 많았다. 회화는 워낙 오래된 예술 장르라 아카데믹한 분위기가 팽배해 있고, 출신 학교에 대한 편견도 많고, 작가로서 성장하는 길도 어느 정도 정해진 루트가 있는 것 같았다. 게다가 내가 갖지 못한 것들로 인해 남들과 비교하는 일이 늘어가며 좌절하고 언젠가부터는 그림 때문에 우울해지는 일도 잦아졌다.

나는 행복하기 위해 그림을 시작한 건데, 다른 사람에게 감동과 위안을 주기는커녕 스스로도 이렇게 기쁘지 않으니 뭔가 잘못되었다는 생각이 들었다. 그런데 내가 하는 이런 퍼포먼스는 딱히 어떤 예술이라고 정의할 것도 아니어서 내 마음대로 해도 괜찮은 것 아닌가 하는 생각을 하니 어떤 기획을 해도 두려울 게 없었다. 예술이든 아니든 상관없이 나라는 사람 하나만 즐겁게 만들 수 있다면 그걸로 충분했다.

누구든 한 번쯤은 외국을 여행하면서 낯선 풍경 안에 들어 와 있는 나 자신이 조금 낯설게, 새롭게 느껴질 때가 있었을 것이다. 아무도 나를 모른다는 해방감이 긍정적인 변화로 이어지기도 하는 그런 경험 말이다. 그렇게 꾸준히 나를 낯선 풍경으로 밀어 넣으면서 새로운 시도를 하고 싶었다.

아무도 내가 예술을 하는지 모르는 풍경, 아무도 내 기획과 작품을 판단하지 않는 풍경, 그저 하나의 사건이 일어나고 사람들이 자연스레 그 안에 빠져드는 풍경, 매번 다른 존재가 되는 기분을 즐기면서 나만의 예술(이든 아니든 그와 유사한 무엇)을 하고 싶었다.

무급이지만 무직은 아니에요

"내 첫 전시인 만큼 최선을 다하고 싶어. 내 전시장에 오는 사람들 한 명 한 명 잘 맞이하고 싶어. 당연하잖아. 나는 작가고, 전시는 작가에게 가장 중요한 일인데, 그걸 열심히 하겠다는 게 뭐가 문제야?"

결혼 후 2년 만에 그룹전에 참여하게 됐다. 전업 작가가 되기로 결심한 후 처음으로 갖는 전시였던 만큼 내 그림이 벽에 걸려 있다는 사실과 그걸 보기 위해 멀리서 찾아온 지인들, 갤러리를 방문하는 관객들의 표정 하나하나 놓칠 수 없었다. 갤러리 문이 닫히는 시간까지 남아 마지막 관객 한 사람도 다 직접 맞이하고 집에 오는 것이 너무 행복했다.

전시 시작 후 며칠 뒤 시부모님이 며느리가 전시한다고 축하하러 지방에서 올라오셨다. 나는 먼저 퇴근한 남편이 집에서 시부모님을 잘 챙겨드리고 있을 거라고 생각해서 퇴근 후 전시장에 찾아온 후배까지 보고 귀가했다. 그런데 집에 돌아오니 그는 잔뜩 화가 나 있었다.

"우리 부모님이 중요하지, 그 후배가 중요해?"

나는 그가 왜 화를 내는지 이해되지 않았다. 평소 누구보다 나를 잘 이해해주는 사람이라 생각했기 때문에 그의 반응이 진심인지 아닌지 잠시 헷갈릴 정도였다.

"아니, 누가 더 중요한지가 왜 나와? 난 그냥 내 전시에 충실한 것뿐인데."

"부모님이 올라오셨으면 좀 일찍 집에 올 수 있잖아. 후배한테는 양해 구할 수 있잖아."

"후배도 관객이야. 일부러 전시를 보러 멀리서 와주는 건데 왜 내가 전시를 팽개치고 집에 와야 해? 집엔 당신이 있는데. 작가가 전시 잘하려고 애쓰는 게 뭐가 문제야?"

목소리가 방 밖으로 새어 나갈까봐 그와 나는 복화술사처럼 입술도 제대로 떼지 않고 작은 목소리로 화를 내고 서운해하고 있었다.

생애 첫 전시가 끝났다. 내 전시를 그 누구보다 이해해 주고 축하해줬던 그가 시부모님을 늦은 시간에 맞이했다는 이유로 화를 냈다는 게 여전히 믿기지 않아 확실히 알고 싶었다. 그래서 다시 물었다. 그는 정말로 내가 자기 부모를 늦게 맞이했다는 이유로 나를 불성실한 며느리라 생각했고 화가 풀리지 않은 상태였다.

"자기 효도를 남한테 미루지 마."

화가 난 나도 한마디를 했지만 그의 마음에는 가서 닿지 않았다. 이후에도 나는 여전히 집에서 놀고먹는 사람처럼 보였는지 시댁에서는 그냥 백수로, 우리 식구들에겐 시간이 남아 도는 사람으로 일이 생길 때 가장 먼저 소환되는 사람이 되었다. 통보를 받으면 바로 시간을 비워야 하는 그런 사람.

그런데 주변 예술인 동료들도 다들 비슷한 경험이 있다고 한다. 말이 좋아 예술가이지, 결국 고정적인 수입이 없다는 것 때문에 그냥 한량처럼 보는 경우가 많은 듯했다. 전시든 공연이든 매일, 매달, 매년 있는 일이 아니기 때문에 수입은 들쭉날쭉할 수밖에 없다. 수입이 적거나 없다고 마냥 노는 사람으로 간주되는 것은 정말 억울하고 분하다.

나는 오전 11시 작업실에 도착해 거의 자정까지 작업을 하다 집으로 돌아오곤 했으니 당시의 나로서는 그런 취급이 더더욱 부당하게 느껴졌다. 나는 놀고먹지 않는다. 남들보다, 아니 적어도 남들만큼은 하루하루 열심히 살고 있고, 열악한 환경에서 일하고 있다. 작가들의 작업실은 여름에 무덥고, 겨울엔 춥다. 그런 곳에서 종일 노동에 가까운 작업을 한다.

수입이 없다고 노는 게 아니다. 사실 엄청나게 바쁘다. 전시 준비 모드가 되면 밥 먹는 시간도 아까울 정도로 바쁘다. 고생하는 거 알아달라고 떼쓰는 건 아니다. "시간 많으니까 네가 좀 해라." 그런 식으로 당연하다는 듯 말하지 말고, 좀 물어봐달라는 얘기를 하고 싶은 것뿐이다. 시간 되냐고. 괜찮겠냐고. 그게 그리 어려운 일인가? 그때 왜 더 당당하게 말하지 못했을까? 무슨 큰 죄를 지었다고.

그림엔 왜 웁쓰양이 없죠?

2012년은 여러모로 잊지 못할 해였다. 앞으로도 잊을 수 없을 것이다. 2년이 넘는 암 투병 끝에 아버지가 귀천했고, 아버지가 돌아가신 그 달에 내 두 번째 개인전을 치렀다. 생애 처음으로 입주 작가로 선정되어, 인천아트플랫폼에서 다른 작가들과 본격적인 교류도 할 수 있게 되었다. 늘 같은 일을 하는 동료들에 대한 갈증이 있었는데, 드디어 나도 업계 친구들을 갖게 된 것이다. 아버지의 빈자리는 정신없이 개인전을 준비하는 것과 아트플랫폼 입주 후 동료 작가들과 함께 소통하는 재미로 어느 정도 메울 수 있었다.

그해 가을, 한국문화예술위원회 홈페이지에 신진 작가 워크숍 작가 모집 공고가 떴다. 입주 작가 경험이 작가로서의 정체성에 대한 질문을 하게 된 계기가 된 만큼, 더 많은 자극을 받고 싶은 마음이 있던 터였다. 큰 기대를 갖지 않고 지원했는데 덜컥 선정이 됐다. 과거 쟁쟁한 신인 작가들이 거쳐간, 일종의 등용문 같은 워크숍이어서 선정되었다는 사실만으로도 대단한 인정을 받은 기분이었다.

첫날은 평론가들 앞에서 선정 작가들이 포트폴리오를 보여주면서 일종의 자기소개와 프레젠테이션을 겸하는 시간이었다. 앞서 발표하는 작가들이 하나같이 잔뜩 얼어붙은 채로 긴장하며 자기 작품을 소개하고 있었다. '아니, 학생이 교수한테 평가 받는 것도 아니고, 어떤 점수, 순위를 매기는 것도 아닌데, 다들 왜 저렇게 떨까?' 조금은 의아했다. 심각, 진지, 경직 모드의 분위기로 흐르는 걸 너무나 싫어하고, 남들과 똑 같이 하는 건 내키지 않는 전형적인 청개구리라 슬슬 장난기가 발동했다.

'분위기를 좀 바꿔봐야겠어.'

살면서 제대로 작품 비평을 받은 적이 없는 나는 눈앞에 평론가들이 누구인지도 전혀 몰랐고, 평론가의 역할과 가치에 대해서도 깊이 이해하지 못해 어떤 무게감 같은 게 조금도 느껴지지 않았다. 무식하면 용감하고, 무지하면 편안할 뿐이다. 드디어 내 차례가 돌아왔고, 4명의 비평가 앞에 앉았다.

"안녕하세요. 접시 물처럼 얕고, 시냇물처럼 시끄럽고,

빈 수레처럼 요란한, 경박한 아티스트 웁쓰양입니다."

자기소개가 끝나자 갑자기 이목이 집중되었다. 어떤 평론가는 책상 위에 얹은 손으로 턱을 괴며 앞으로 바짝 다가왔다. 그렇게 나에게 시선이 집중되자 더 까불고 싶은 에너지가 생겨났다. 하나씩 슬라이드를 넘기며 과거 그림들에 대한 설명을 이어나갔다. 사건 사고를 그린 회화 작품으로 그림 소개를 끝내고, 포트폴리오에서는 아주 작은 비중을 차지하는 퍼포먼스에 대해서도 조금 설명을 곁들여 프레젠테이션을 마쳤다.

순간 적막이 와락 덮쳤다. 아까와는 사뭇 다른 새로운 긴장감이 밀려왔다. 평론가들은 무슨 생각을 하는지 알 수 없는 표정으로 나를 빤히 바라보았고, 내 눈은 갈피를 못 잡고 흔들리고 있었다. 그때 한 평론가가 입을 열었다.

"재미있어요, 퍼포먼스. 신인 작가 입장에서 할 수 있는 고민들이 잘 녹아 있고, 그걸 영리하게 재치 넘치게 잘 표현하신 거 같아요. 그리고 자기소개 때 했던 말처럼 웁쓰양다운 작품이네요. 재미있고 유쾌하게 소개를 하는 끼도 퍼포먼스에서 잘 느껴져요. 그런데, 그런 재치와 감각이 왜 회화에는 없죠? 왜 거기에는 웁쓰양이 없어요?"

머리에서 '두둥!' 하는 소리가 들려왔다. 한 대 얻어맞은 기분이었다. 칭찬인가 욕인가. 잠깐, 나 회화 작업 좋아서 선정된 거 아니었어? 잠깐! 내가 유쾌한 작업을 하고 있다고? 아니, 잠깐, 잠깐만! 그러니까 회화 '작품'보다 내가 그냥 재미로 했던 저 퍼포먼스가 지금 더 흥미롭게 보인다고? 퍼포먼스는 고작 세 개 했을 뿐이었고, 어딘가에서 지원금을 받은 것도 아니고 그냥 재미로 혼자 좋아서 했던 거라 누군가에게 긍정적인 평가를 받는다는 건 생각지도 못했다.

그런데 평론가들로부터 퍼포먼스에 대해 호평을 들었고, 나 자신도 작품으로 여기지 않았던 것들을 '작품'이라고 불러주는 게 꽤나 이상한 기분이었다. 신기하게도, 그들이 '작품'이라고 불러주자 정말 '작품'처럼 보이는 것 같았다. 그 물음에 어떻게 대답했는지는 기억나지 않는다. 다만 그 평론가의 말은 마치 참았던 방귀를 크게 뀌어버린 것처럼, 소화제를 먹고 제대로 크게 트림을 한 것처럼 부끄러우면서도 시원한 기분이었다. 워크숍이 일주일에 한 번씩 열리는 동안 산만하게 떠다니던 생각들은 하나의 질문으로 정리되었다.

'어떤 작가가 될 것인가?'

그러고 보니 한 번도 어떤 작가가 될 것인지 깊이 생각해본 적 없었다. 늘 어떻게 하면 그림을 '잘' 그릴 수 있을지만 고민했다. 흙을 잘 고르는 것만 생각하느라 정작 정원을 어떻게 꾸며나갈지 생각하지 못한 것이다. 그런데 질문을 새롭게 던져놓으니, 그 자체가 해답이 되어주었다. 어떤 정원을 만들지 결정하니, 할 일들이 하나둘 정리가 됐다.

'미술계 언저리에서 까불거리는 이상한 작가가 되어야지. 일단 나 혼자서라도 재미있게 노는 거야. 사람들이 "재는 뭔데 저기에서 얼쩡거리는 거지? 저게 뭐라고 혼자 신나 재밌게 놀고 있는 걸까?" 하고 궁금하게 만드는 작가가 되어야지. 미술계에 이런 캐릭터 하나 있는 것도 나쁘

지 않잖아.'

　미술계라는 큰 크림 안에서 내가 어떤 조형미를 갖고, 어떤 위치에 있을지 내 마음대로 정하자 앞으로 할 작업들도 명확해졌다. 나는 왠지 수상하지만 재미있는 작가가 되기로 했다. 나의 작가적 정체성을 그렇게 정의했다.

나름대로 몹시 바쁜 아티스트

예술가들의 하루는 사실 사람들이 생각하는 것보다는 꽤 바쁘고 정형화되어 있는 편이다. 엄청 부지런하고 성실한 모범생 같아 보일 수도 있다. 물론 대체로 아침에 일어나는 것도, 밤에 잠자리에 드는 것도 시간이 늦긴 하지만 내가 아는 작가 대부분은 한두 개 이상의 아르바이트를 하면서 매일 일정 시간을 자신의 작업에 할애한다. 전시도 꼼꼼히 챙겨 보고, 미팅도 많고, 가야 할 오프닝도 많고, 예술 지원 사업에 필요한 서류를 며칠 밤을 꼬박 새우며 쓰는 등 직장인들과 비슷하게 바쁘고 규칙적인 일상을 보낸다.

그래서 예술인들은 시간이 자유롭다거나 걸핏하면 집에서 논다는 가족, 친구, 지인들의 가당치 않은 편견이 매우 불만스럽다. 우리 같은 사람들은 마음만 먹으면 언제든 시간을 비울 수 있고, 언제든 놀고 싶을 때 논다고 생각해 가족 중 누군가 한 명이 해야 하는 일 따위가 생기면 백발백중 가장 만만하게 연락을 해오는 것이다. 그럴 때마다 '바쁘다'고 말하지만, 매번 핑계처럼 비춰지니 억울하지 않을 수 있겠는가. 씨부랄……

예술가들은 정말 하루하루 바쁘게 살아간다. 당장 내일의 삶이 불안하기 때문에 그렇지 않을 수가 없다. 심지어 오늘 꼭 해야 할 일이 아닌 것도 웬만하면 그냥 오늘 한다. 시간이 빈다는 게 좋기는커녕 괜히 불안하고 딴생각만 키우게 되니까. 그리고 그냥 가만히 진짜 아무것도 안 하고 멍하니 있어 보일 때도 사실 마냥 쉬는 게 아니라 지금 진행 중인 작업을 어떻게 해나갈지, 혹은 다음 프로젝트를 어찌할지 짱구를 굴리는 일이 많다.

누군가 "아니 그렇게 바쁘다는 사람이 왜 그렇게 누워서 아무것도 안 합니까?"라고 물을 수도 있을 거다. 별 수 없다. 그래도 우리 예술가들의 답은 정해져 있다. "네? 저 지금 누워서 작업 중인데요?!"

그래도 개인전이 막 끝난 직후에는 한 달 정도 좀 쉬어가는 타이밍으로 생각한다. 그렇지만 조금 느슨하게 작업을 하는 것일 뿐 아예 아무것도 안 하는 건 아니다. 전시가 끝나면 그동안 못 하고 쌓아둔 다른 일들을 처리하느라 더 바빠지는 경우도 있지만, 되도록 개인전 후 한 달은 나 자신을 볶아대지 말자고 다짐한다. 왜 꼭 '한 달'이냐고 묻는다면, 특별한 이유는 없다. 그냥 한 달이면 전시 준비로 고생한 나에게 어떤 보상을 주는 시간으로 적당한 것 같아서 그렇다.

그 한 달은 왜 그렇게 빨리 지나가는 걸까? 제대로 놀지도, 쉬지도 않은 채 어중간하게 시간이 지나고 나면 다시 작업을 해야 할 것만 같은(그래야 사람 구실이라도 하는 것 같은) 시간이 찾아오기 마련이다. 화방에 가서 새 물감도 사고, 새 붓도 사고, 새 캔버스도 주문하고 나면 당장이라도 대단한 작품이 쏟아져 나올 것 같은 흥분과 기대가 부풀어 오른다.

어서 내게 색을 발라달라고 조르는 저 크고 하얀 새 캔버스! 그 녀석을 몇 시간이고 그냥 바라본다. 그러다 새로산 물감을 발라 붓칠을 좀 해봤다가, 다시 멀거니 쳐다보다가 '아, 너무 쳐다만 보고 있네? 오늘은 그림이 안 나오는 날인가? 책이나 좀 봐야겠다.' 하고 책상 앞에 앉는다.

서너 페이지 읽었는데, 전에 어디까지 읽었는지 도통 기억나지 않는다. 다시 앞 페이지로 돌아간다. 몇 번이나 책장을 이리저리 앞뒤로 오가며 읽다보니 출출하다. 밖으로 나가 컵라면과 삼각김밥을 사 들고 작업실로 돌아온다. 우격우격 입 안으로 그것들을 집어넣는다. 아마 그 어떤 우아한 아티스트라 할지라도 작업실에서는 볼썽사나운 모습으로 허기를 채울 거다.

밥을 다 먹으면 잠깐 누워 핸드폰으로 인터넷을 한다. 의미 없는 기사들, 의미 없는 사진들, 의미 없는 광고들, 의미 없는 사람들…… 시간은 계속 흐른다. 벌써 밤 12시가 다 되어간다. 집에 가야겠다. 오늘 너무 바빴던 것 같다. 이토록 피곤한 걸 보니.

근면하게 멍때리기

작업실에서의 오전은 대개 팟캐스트, 커피, 이메일, SNS, 웹서핑으로 이뤄진다. 점심은 김밥과 콜라로 해결한다. 오후에는 음악, 독서로 작업을 위한 예열을 하고 드로잉을 시작한다. 그림을 그리다 작업에 필요한 자료를 찾으려고 다시 인터넷에 접속한다. 포털에서 뉴스 몇 개를 읽다 보니 뭘 검색하려고 했던 건지 기억이 나지 않는다. 그냥 이것저것 다른 창을 오가며 시간을 보내니 이미 오후 5시가 넘었다.

정신을 차릴 겸 단골 카페로 향한다. 카페 주인과 이런저런 얘기를 하고 한두 시간 후 다시 작업실로 돌아온다. 정신이 멍해진다. 한 것도 없는데 피곤하다. 다시 읽다 만 책을 꺼낸다. 앞 내용이 기억이 나지 않아 앞으로 몇 장을 돌아가 다시 읽는다. 이런 식으로 반복해서 같은 페이지를 몇 번이나 읽고 있는지 모르겠다.

이왕 이렇게 된 거 오늘은 날이 아닌 것 같으니 내일부터 열심히 하기로 한다. 짐작하겠지만 내일부터는 열심히 하겠다는 마음가짐은 또 다른 내일로 계속 미뤄진다. 아무래도 안 되겠다 싶어 작업실 대청소로 기분 전환을 꾀하지만, 얼마 지나지 않아 비슷해진다. '내가 이렇게 집중력이 없었나?' 자책하기 시작했다.

도대체 왜 이러는 걸까? 원인을 알고 싶어 게으름과 무기력에 관한 책을 몇 권 사서 읽어봤지만, 당연하게도 그 정도로 내 행동이 달라지지는 않았다. 아무것도 제대로 하지 못하고 집으로 돌아가는 길은 너무나 허무했다. 불안해지고 죄책감이 들어 밤에 잠도 설치게 되었다. 게다가 SNS로 다른 작가들이 열심히 작업하는 사진을 보고 있으니 내가 더 한심하게 느껴졌다. 어쩔 수 없다. 사실이다. 스트레스가 넘치면 잠시 내려놓거나 아니면 더 힘내 달리거나 둘 중 하나를 선택하게 된다.

'쉽게 고쳐지지 않을 거라면 차라리 마음 편하게 쉬어버리자.' 나는 내려놓는 쪽이었다. 절대 실패할 수 없는 계획도 세웠다. '오늘부터 적어도 한 달 동안 아무것도 하지 않는 거야.' 아무것도 하지 않는 것을 계획으로 세우고 나니 마법처럼 마음이 편해졌다. 계획한 대로 하루를 살고 있으니 아무것도 하지 않아도 죄책감이 들지 않았다. 그러기로 계획했으니까. 종일 노트북을 켜고 딴짓을 해도, 책을 읽다 말아도, 그림도 그리다 말아도 괜찮았다. 진작 이런 방식으로 살 것을 그랬다.

단골 카페에서 커피와 케이크를 주문한 뒤 시간을 보내고 있는데, 아는 작가 한 명이 카페에 들어왔다. 반갑게 인사를 하고 잠시 대화를 나눴다. 그는 작업 리서치를 하느라 어디에 좀 다녀왔다고 했다. 손에는 여러 개의 리플렛이 들려 있었는데, 다른 작가들의 전시 홍보물도 보였다. 그는 또 다른 약속이 있다며 곧 커피를 테이크아웃해 나갔다. '참 열심히 사는구나.'

집으로 돌아가는 지하철. 하필 퇴근 시간대에 겹쳐 열차는 사람들로 붐볐다. 비좁은 공간에서 영어 공부를 하는 사람, 피곤했는지 허리가 접히도록 앉아 잠이 든 사람, 몸은 퇴근했지만 업무는 덜 끝났는지 회사인지 거래처인지 통화를 하며 뭔가 열심히 설명하는 사람.

'우리는 대체 왜 이렇게까지 열심히 사는 걸까?'

자려고 누웠다. 침대 위에서 오늘 하루를 생각해보았다. 계획대로 멍때리며 아무것도 하지 않는 매우 보람찬 하루를 보냈다. 문득 낮에 만난 작가와 지하철에서 본 사람들 모습이 떠올랐다. 바쁜 와중에 전시를 보러 다니는 그 작가도, 그의 손에 들려 있던 리플렛의 주인공인 동시대 작가들도 다들 열심히 살고 있었다.

스펙을 쌓느라 허투루 시간을 쓰지 않는 대학생, 서둘러 퇴근해서 집으로 돌아와 다시 저녁을 차리고 아이들을 돌보는 워킹맘, 취업 후에도 영어 공부를 게을리하지 않는 직장인, 아침부터 늦은 밤까지 커피를 파는 카페 사장, 학교와 학원을 마치고 귀갓길에 파김치가 된 고등학생까지 모두 숨 가빠 보였다.

'다들 저렇게 열심히 사는데 아무것도 하지 않는 걸 계획이랍시고 사는 게 괜찮은 걸까?'

가슴이 서늘해졌다. 다시 불안과 죄책감이 밀려왔다. 2주도 안 돼 초조해진 나는 작업실에 앉아 뭐라도 해야 한다는 압박감에 사로잡혔다. 하지만 여전히 집중하지 못하고 산만했다. 이쯤 되니 무슨 병에 걸린 것 같다는 생각마저 들었다. 혹시 나 같은 사람이 있을까 싶어 하는 것도 없이 피곤하고 집중력이 떨어지고, 무기력한 증상을 검색해보니 이를 일컫는 말이 존재했다. 바로 번아웃 신드롬(Burn-out syndrome), 일명 소진 증후군이다.

병명을 알고 나니 세상에 존재하는 흔한 증상이라는 것에 왠지 안심이 됐다. 소진된 정신을 위해 나름 괜찮은 처방을 내려서 잘 쉬고 있었는데 왜 다시 조바심이 생기는 걸까. 서둘러 일을 마치면 여유 시간이 올 것 같지만 대체로 다른 일이 들어와 빈자리를 메운다. 사람들은 일을 해서 번 돈으로 쇼핑을 하거나 외식을 하거나 여행을 하며 일종의 사치를 부리지만, 시간을 사치하는 것에는 죄책감을 느낀다.

시간을 낭비하고 있다고 생각하는 것이다. 설령 시간이 충분히 주어진다고 해도 가만히 있는 것은 쉽지 않다. 우리 뇌는 끝없는 자극에 중독되어 있기 때문일 것이다. 아침에 눈을 뜨는 순간부터 잠들기 직전까지 아무 생각 없이 계속

스마트폰이나 인터넷을 하면서 보낼 수는 있어도 아예 아무것도 하지 않는 것은 대단히 어려운 일이다.

과거에는 멍때리면서 아무것도 하지 않는 건 시간을 낭비하는 것이니 해서는 안 될 일이었지만, 지금은 오히려 반대가 되어야 하지 않을까? 이제는 멍때리며 시간을 보내는 일이 현대인들에게 꼭 필요한, 장려되어야 할 일이 아닐까? 우리는 서로를 의식하느라 멈추지 못했던 게 아닐까? 시간도 사치의 대상이 될 수 있지 않을까? 내가 80km/h로 운전하고 있어도, 옆 차선 차들이 100km/h, 120km/h로 달리면 상대적으로 느리게 느껴진다.

'그래, 모두 빨리 달리고 있어서 그런 거였어.'

같이 천천히 느리게 달리는 사람이 한 명이라도 곁에 있다면 불안한 마음도, 자책하는 마음도 줄어들 것이다. 바쁜 세상에서 여유를 부리며 시간의 사치를 즐기는 사람이 곁에 한 명이라도 있어준다면……. 어느날 문득 그런 생각을 했다. 그때만 해도 이 생각이 나의 또 다른 퍼포먼스로, 프로젝트로 이어질 거라는 생각은 없었다.

멍때리기 대회

우리는 쉬고 싶어서 쉬는 것뿐인데, 왜 죄책감 비슷한 감정을 떠안아야 할까? 사회와 타인의 시선을 지나치게 의식하기 때문이 아닐까? 쉬는 것만큼은 정말 내 마음대로 하고 싶다는 사람들이 하나둘 늘어나면 조금은 달라지지 않을까?

'다 같이 아무것도 하지 않으면 되는 거네. 나 말고 다 바빠 보이니까 괜히 더 불안한 거였어. 그래서 쉬면서도 늘 마음이 편치 않았던 거야. 아주 잠시라도 모두가 다 멈춰 쉴 수는 없을까? 내가 한번 그렇게 해봐야지.'

카페에서 멍때리며 앉아 있다가 나도 모르게 수첩에 이렇게 끼적였다.

'멍때리기 대회'

시내 광장 한복판에 아무것도 하지 않는 집단의 등장을 상상하니 짜릿했다. 게다가 멍때리는 행위로 '대회'를 만든다니. 다들 멍때리는 게 무가치, 무의미한 행위라고 생각하니까 대회의 형식을 빌려 퍼포먼스를 벌이면 목적성을 띠는 가치 있는 행위가 될 것이었다. '자, 보세요. 이제

가치있는 행위가 되었으니 괜찮죠?' 갑자기 생각이 홍수처럼 터졌다. 흥분되기 시작했다.

성격이 급한 나는 생각하는 대로 바로 바로 움직이는 편이라 머릿속에 떠오른 이미지를 가능한 빨리 꺼내 재현하고 싶었다. 그때가 아마 2013년 9월쯤이었을 거다. 책상 앞에 앉아 이것저것 메모하기 시작했다. 마음이 더 급해졌다. 동료 작가는 물론 만나는 사람들에게 다 '멍때리기 대회'라는 걸 만들겠다고 떠들고 다녔다. 기분이 좋으면 항상 티를 내고 다니는 타입이라 이 재밌는 작업에 대해 말해주고 싶어 온몸이 근질근질했다.

잔뜩 기대했던 것과 달리 반응이 대체로 좀 시큰둥했다. 형식적으로, 인사치레로 재미있을 것 같다고 하는 사람들도 몇몇 있었지만, 대부분은 '힘들겠다', '잘 모르겠다', '어떤 퍼포먼스인지 이해가 잘 안 된다'는 반응들이었다. "아니, 이거 지금 내 머릿속에 있는 거 안 보여? 들어봐. 생각해봐. 얼마나 재미있겠어! 서울 시청 앞 광장 한복판에서 사람들이 모여 아무것도 하지 않는 걸로 대회를 연다니까."

주위 반응이 좋든 좋지 않든 크게 개의치 않았다. 아무래도 상관없었다. 그저 이 퍼포먼스를 빨리 실제로 구현할 생각으로 가득 차 있었을 뿐이다. 생각을 다듬으며 대회를 만들어 가고 있었는데 한 가지 해결되지 않는 게 있었다.

'그런데 멍때리는 걸, 그 행위를 대체 어떻게 경쟁에 붙일 수 있을까?'

기껏해야 멍때리는 모습을 확인하는 것 말고는 판단 기준이 없었다. 게다가 멍때리는 표정이야 연출, 연기하기에 특별히 어려운 것도 아니니 공정하게 심사하기 쉽지 않다. 처음엔 멍때리며 뽁뽁이라도 터뜨리게 할까, 몸에 방울을 달아 움직임이 많아지고 소리가 나는 사람들을 탈락시키는 방법으로 할까 하는 일차원적인 생각만 떠올랐다. 아! 뭔가…… 뭔가 방법이 있을 거 같은데.

"멍때리기 대회요? 그거 재미있겠는데요?"

예전에 함께 전시를 했던 작가 중 '저감독'이라는 닉네임을 가진 이에게 메시지를 보냈다. 그는 내 기획 의도에 크게 공감하며, 재미있을 것 같다고 칭찬해주었다.

"그렇죠? 재밌겠죠? 광화문 광장이나 서울 시청 앞 잔디 광장에서 대회를 열 생각이거든요. 그리고 주말이 아니라, 월요일에 할 거예요. 바쁘게 다니는 사람들과 아무것도 하지 않는 그룹이 시각적으로 대조될 수 있게 만들려고요."

"와. 저도 꼭 참여하고 싶어요."

"고맙습니다. 참가하는 사람들을 위해 스태프들이 다양한 서비스도 준비할 거예요. 더 좋은 기록을 낼 수 있게 도움을 줄 거예요. 재미있겠죠?"

"네! 꼭 참여할게요. 저, 멍때리기 엄청 잘하거든요."

"어, 그럼 작가님이 홍보 포스터 모델을 해주시는 건 어때요?"

"좋죠."

나는 그 이후에도 저감독에게 메시지를 보내 주절주절 아이디어를 떠들었다. 그의 호응이 기분을 좋게 만들어줬고, 두서없이 쏟아내던 얘기도 대화를 통해 하나둘 정리가 됐다.

"처음엔 파자마를 입고 오게 하려고 했는데, 생각해보니까 자기 직업과 관련된 의상을 입고 오는 게 더 좋을 것 같아요. 도시에 존재하는 직업들을 다 소환하는 거예요. 그럼 참가자들이 모인 것 그 자체로 작은 도시를 이루는 것처럼 보일 테니까요. 사실 멍때리기로 대회를 만든다는 것 자체가 말이 안 되는데, 바로 그게 핵심이에요. 가장 비생산적인 활동을 통해 우승을 가리는 거니까. 다른 건 어느 정도 구체화되고 있는데, 사실 어떻게 최종 우승자를 가릴지는 여전히 뾰족한 방법을 못 찾겠어요."

"음, 멍때리기 전후의 칼로리 비교? 그냥 생각나는 대로 막 던져보는 거예요."

막 던져봤다는 그의 말에 갑자기 문제를 해결할 열쇠를 찾았다. 예전에 신경 정신과에 갔을 때 했던 자율 신경계 검사인 HRV(Heart Rate Variability) 검사가 떠오른 것이다.

"그래, 그거. 바로 그거야. 심박 체크!"

저 미친 사람 아니에요

다음 날 동네 신경 정신과 병원을 검색했다. 다행히 집에서 그리 멀지 않은 곳에 제법 큰 신경 정신과 의원이 있었다. 망설이지 않고 버스를 타고 병원으로 향했다. 구체적인 계획 같은 건 없었다. 그냥 일단 의사를 만나 심박기를 빌려달라고 부탁할 생각이었다. 병원 문을 열고 들어가 접수처에 이름을 올리고 순서를 기다리며 앉아 있었다.

예전에 직장 생활을 하며 잠시 앓았던 우울증 때문에 정신과를 방문했던 적이 있었지만, 그때는 병원에 사람이 그렇게 많지 않았다. 몇 년 만에 정신과를 찾았는데 생각보다 많은 사람들이 진료를 기다리고 있어 꽤나 놀랐다. 저 많은 사람들이 어쩌다 정신과에 오게 됐을까?

드디어 내 이름이 호명되었다. 제발 쫓아내지만 말았으면 하는 바람으로 조심스레 병원장실 문을 열고 들어갔다. 정중하게 인사를 하고 의자에 앉았다. 의사는 50대 후반 정도의 남성이었는데, 멋진 넥타이에 깔끔한 헤어스타일까지 예사롭지 않아 보였다. 한쪽 벽면에는 그가 방송에 출연한 모습이 담긴 사진들이 큰 액자에 끼워져 있었다.

"어떤 힘든 일이 있어서 오셨어요?"

드디어 올 것이 왔다. 나는 침을 꿀꺽 삼키고는 쉬지 않고 한꺼번에 말을 토해냈다.

"아…… 저…… 문제가 있어서 온 건 아니고요. 실은 저는 이 지역에서 활동하는 예술가입니다. 인천아트플랫폼 입주 작가로 활동한 적도 있고, 전시도 벌써 몇 번 열었습니다. 이게 과거에 했던 제 전시 홍보물이고요. 제가 이번에 새로운 작품을 하려고 하는데 선생님의 자문을 구하고 싶어 이렇게 불쑥 찾아 왔습니다.

그러니까 제가 〈멍때리기 대회〉라는 걸 만들려고 하는데요, 제가 번아웃 신드롬을 앓았던 적이 있거든요. 그래서 저와 같은 증상이 있는 사람들이 한데 모여 다 같이 잠시 쉬어보자는 내용이에요. 세상 사람들이 워낙 바쁘게 살고, 끝없는 변화와 자극 속에서 사니까 뇌도, 마음도 좀 쉬어갈 시간이 필요하잖아요.

그런데 요즘 사람들은 잠시도 편히 쉬지 못하고, 쉬면 무슨 큰일이 나는 것처럼 생각하잖아요. 게다가 멍때리기가 어떤 시간 낭비처럼 여겨지기도 하는데, 저는 오히려 그런 게 필요한 시대가 바로 지금이 아닌가 생각하거든요. 그래서 멍때리기 대회라는 걸 만들어보려고 하는데, 신경 정신과 전문의 선생님께 이런저런 조언을 구하고 싶어서 찾아왔습니다. 바쁘실 텐데 이런 일로 불쑥 찾아와 귀찮게 해드린 건 아닌지 모르겠습니다."

빠르게 말을 쏟아내고 그의 반응을 살폈다. 심장이 빠른 속도로 뛰었다. 의사는 책상에 얹어두었던 깍지 낀 손을 내리더니 조금은 편하게 의자에 기대어 앉았다. 나를 미친 사람처럼 보는 건 아닌지, 간호사를 불러 당장 내쫓으면 어쩌지 걱정이 됐다.

"아, 네. 맞아요. 요새 우리 병원에도 그런 환자들이 늘었어요."

예상 밖으로, 다행히도 그는 내 이야기에 호기심을 보였다.

"아, 그렇군요. 선생님, 그러면 멍때리기를 누가 더 잘했는지 알아낼 수 있는 방법이 있을까요?"

"멍때리기가 일종의 명상과 비슷하다고 할 수 있다면…… 보통 명상에 빠진 사람들은 심박수가 느려지거든요. 그러니까 정말 멍때리고 있는 사람들은 그래도 심박수가 어느 정도는 느려지지 않을까요?"

"네, 그렇겠네요!"

"병원에 스트레스 지수를 재는 자율 신경계 검사기가 있는데 그게 심박수를 재는 거예요."

"아, 네 저도 그거 봤어요. 근데 그건 너무 커서 실제 야외에서 퍼포먼스 할 때 사용하는 건 불가능하잖아요. 혹시 소형으로 나오는 건 없나요?"

그는 책상 서랍을 열어 무언가를 꺼냈다. 손바닥 위에 놓을 수 있는 정도의 작은 심박기였다. 세상에 저런 작은 심박기가 있다는 것에 속으로 만세를 부르고 있었다.

"우리 병원에 이게 딱 하나 있긴 한데요……."

"선생님. 저는 그런 게 다섯 개 정도 필요한데, 혹시 선생님을 통해 다른 병원에서 그걸 빌릴 수 있는 방법은 없을까요?"

절실함은 어느새 뻔뻔함으로 변해 있었다. 나의 무례한 요청에도 불구하고 의사는 어딘가에 전화를 걸기 시작했다. 아는 병원에 전화를 해서 소형 심박기가 있는지 알아보는 전화였다. 몇 군데 전화 통화를 마치고 그가 말했다.

"내 것까지 포함해서 세 개는 빌려줄 수 있겠는데, 그 이상은 힘들겠네요."

"아, 그렇군요. 알겠습니다. 너무 감사합니다, 선생님! 혹시 괜찮으시다면 지금 가지고 계신 심박기를 잠시 빌려 갔다가 돌려드려도 괜찮을까요?"

뻔뻔해도 이렇게 뻔뻔할 수 있을까 싶을 정도로 오직 내 '멍때리기' 프로젝트를 위해 직진하고 있었다. 주저 없이 빌려주신 심박기를 고이 가방에 넣어 병원 밖을 나왔다. 나는 저감독에게 전화를 걸었다. 드디어 모든 문제가 다 해결되었다며 길거리에서 소리 높여 외치고 있었다.

성질이 급해서

나는 말도, 행동도 빠른 편이다. 특히 뭔가 생각이 나면 일단 그대로 한번 해봐야 직성이 풀리는 사람이다. 보통 작업에 대한 구상이 끝나면 한 달 내로 작업을 마치는 경우도 있고, 심하면 다음 날 시작하는 경우도 더러 있다. 친구들은 '미친 실행력'이라고 좋게 포장해주지만 그냥 성질이 급해서 그런 것일 뿐, 특별히 내세울 만한 장점은 아니다.

부평 재래시장에서 〈고등어를 사려다 그림을 사다〉를 기획했을 때도 바로 제안서를 만들어 다음날 시장 상인회를 찾아 갔었고, 〈폐허의 콜렉숀〉때도 작업 아이디어가 떠오르자마자 노인정을 비롯해 아현동 곳곳을 수시로 드나들었다. 〈멍때리기 대회〉도 막히던 부분을 해결하기 위해 신경 정신과를 찾아가 의사를 만나는 등 생각이 떠오르면 바로 몸을 움직여 프로젝트에 임해왔다.

빨리 결과를 보고싶어서 이기도 하지만, 계획대로 잘 안되면 다른 대안을 찾아야 하니 지체 없이 움직이면서 방법을 찾는 것이다. 이런 급한 성격이 장점으로 작용해 단기간에 작업을 완성할 때도 있지만, 대체로 그 과정에서 엄청난 스트레스를 받기도 하고, 빠른 실행이 늘 성공으로 이어지는 것도 아니다.

한국 최대의 다원예술 축제인 '페스티벌 봄'에 오프닝 초청 작가로 참여하게 된 적이 있었다. 당시 작품을 위해 수천 벌의 옷이 필요했는데 내가 구상한 이미지는 건물 2층 높이 정도로 옷더미를 쌓아 산처럼 만드는 것이었다. 그 '옷 산'은 최대한 고급 브랜드여야 하고 컬러풀해야 했다. 사람들이 등산하듯 옷더미에 오른 뒤 옷을 마구 꺼내 가위로 자르고 붙이면서 각자의 옷 입기 퍼포먼스로 어떤 과잉적인 표현을 해보려는 계획이었다.

내 계획이지만, 사실 다 말이 안 된다. 어느 고급 브랜드가 자기 제품이 가위질당하는 걸 좋아하겠으며, 건물 2층 높이로 옷더미를 쌓는 데 옷이 구체적으로 얼마나 많이 필요한지 가늠할 수도 없었다. 하지만 어떻게든 해보고 싶었기 때문에 방법을 찾기로 했다. 컬러풀한 옷 산을 생각하며 가장 먼저 떠올린 건 원색적인 옷을 만드는 브랜드 베네통이었다. '아, 그래! 베네통 코리아 본사를 찾아가보자.'

나는 늘 그랬듯 제안서를 만들자마자 베네통 코리아 사무실을 찾아갔다. 점심시간 즈음이어서인지 1층 로비에 보안, 안내 직원 같은 사람들이 보이지 않았다. 아무런 제지 없이 엘리베이터를 탔고, 14층 사무실 앞에 내렸다. 보아하니 직원 카드가 있어야 출입이 가능했는데, 양치질을 하고 들어가는 몇몇 직원들 틈에 껴 얼떨결에 사무실 안까지 들어가게 되었다. 안으로 들어가자마자 일을 하던 직원들이 놀란 눈으로 나를 쳐다보았다. 물론 나 역시 당황스럽기는 했다.

"어떻게 오셨어요?"

"아…… 저는 예술가인데요, 베네통과 협업하고 싶은 게 있어서 제안을 드리려고 왔습니다."

"저쪽에 팀장님이 계시니까 그리로 가보세요."

사무실 안쪽 큰 책상에는 영화 〈악마는 프라다를 입는다〉의 메릴 스트립을 떠오르게 하는 카리스마 넘치는 분이 앉아 있었다. 딱 봐도 그 사람이 팀장 같았다. 그녀는 나를 보자마자 인상을 찌푸렸다.

"여기 어떻게 들어왔어요?"

'어떻게 들어오긴. 엘리베이터 타고 문 열고 들어왔지.'

쏘아붙이는 그녀의 목소리에서 나는 실패를 직감했다.

"아. 죄송합니다. 로비에 아무도 안 계셔서 얼결에 여기까지 들어오게 됐네요."

"무슨 일이시죠?"

"저는 예술가인데요. 베네통과 함께 하고 싶은 작업이 있어서 제안을 좀 드리려고요."

"거기에 놓고 나가세요. 그리고 다음부터 이런 식으로 찾아오지 마세요. 여기는 아무나 들어올 수 있는 곳이 아니에요!"

부끄럽고 창피해서 그 자리에서 증발하고 싶을 지경이었다. 그동안 내가 박카스를 사들고 갔던 곳은 어떻게 보면 시민들에게 열린 공간들이었다. 시장상인협회, 재개발주민대책위원회, 관공서, 병원 등은 지나가다 슬쩍 들러도 크게 문제되지 않는 곳들이었다. 하지만 여기는 공공 단체나 공기업이 아닌, 사기업이었다. 누구나 함부로 들어가서는 안 되는 곳이 맞다. 그런 곳을 약속도 하지 않고 무작정 방문한 것이다.

얼굴이 벌겋게 달아오른 나는 제안서만 책상 위에 올려두고는 도망치듯 그곳을 빠져 나왔다. 작품을 올려야 하는 기일이 빠듯했고, 쉽게 재료를 구하기 어려울 것이라는 조바심과 불안에 다짜고짜 내 생각만으로 마구 들이댔던 것이다. 아마 그때 그분이 나를 그렇게 대하지 않았더라도, 그런 내 접촉 방식은 언젠가 한번은 크게 망신을 당했을 바람직하지 않은 것이었다. 당연하게도 베네통 코리아에서는 아무런 연락을 주지 않았다.

도시를 멈추다

2014년 10월 27일. 완연한 가을 날씨였다. 맑고 따뜻하고 선선했다. 서울 시청 앞 잔디 광장엔 〈제1회 멍때리기 대회〉 현수막이 크게 걸렸고, 반듯하게 줄을 맞춘 50개의 요가 매트 주변으로 대회 깃발들이 나부꼈다. 긴장되고 분주한 공기가 광장을 가득 채웠다.

몇몇 미디어들은 일찌감치 대회장에 도착해 스케치 촬영을 하고 있었다. 이 괴상한 대회가 대체 어떻게 치러질 것인가 궁금한 사람들도 삼삼오오 모여들기 시작했다. 스태프들은 현장에 도착한 선수들이 대회장에 들어서기 전 심박수를 체크하고, 등번호와 컬러 카드 그리고 선수 안내문 등을 나눠주었다.

대학생, 의사, 여행사 직원, 보험 회사 영업 사원, 화가, 요리사, 군인, 웨딩드레스 디자이너, 패스트푸드 배달원 등등 다양한 직업의 사람들이 매트 위에 자리를 잡기 시작했다. 다들 기대와 설렘이 가득한 표정이었다. 선수들은 셀카를 찍거나 누군가와 통화를 하거나 매체와 인터뷰를 하면서 대회 시작을 기다렸다.

지금은 없어졌지만 당시 제법 유명했던 인터넷 방송 업체인 유스트림에서 현장 라이브 중계를 도맡았고, 방송인 장원 씨, 개그우먼 김상희 씨를 캐스터로 섭외해주어서 현장 중계의 재미를 한층 높여주었다. 특히나 캐스터의 역할은 중요했는데, 마치 축구 중계를 하듯 각 선수들의 모습과 현장 진행 상황을 묘사해 온라인으로 대회를 보는 사람들에게 생생한 현장 분위기를 전달하는 역할을 해야 했기 때문이다. 그런데 전문 방송인 두 분이 그 역할을 해주게 된 것이다.

오전 11시. 준비한 롤 페이퍼를 펼쳐 보이는 퍼포먼스를 시작으로 마침내 대회가 시작되었다. 롤 페이퍼에 쓰인 첫 문장은 이렇게 시작된다.

"안녕하세요. 아티스트 웁쓰양입니다. 오늘은 멍때리기 참 좋은 날씨네요."

이윽고 멍때리기 체조를 만들어주신 대한기혈도협회의 김용필 선생님이 무대에 섰다. 롤 페이퍼가 다시 펼쳐졌다.

"본 대회에 앞서 월선 김용필 선생님과 함께 멍때리기

체조로 몸풀기를 하겠습니다. 모두 자리에서 일어서주십시오."

드넓은 서울 광장에는 자리에서 일어서는 선수들의 바스락 소리만 들렸다. 김용필 선생은 자신감 넘치는 모습으로 무대에서 '멍때리기 체조'를 선보였고 선수들과 스태프도 괴상한 몸짓을 진지한 표정으로 따라했다.

"삐이익!!!" 나는 힘차게 휘슬을 불었다. 드디어 본경기가 시작된 것이다. 사실 모든 대회를 성공적으로 잘 마친 지금에서야 말할 수 있는 거지만, 시작 전에는 참가자들의 멍때리는 시간이 얼마나 될지 가늠하지 못해 언제 대회를 종료해야 할지 사전에 확정하지 못했다. 여러 차례 머릿속으로 대회 전반을 시뮬레이션 해보았지만, 얼마나 오래 멍때리기가 지속될지, 언제쯤 탈락자가 나올지 예상할 수 없었다. 우선 한 시간 정도로 잡아놓고 진행을 하면서 너무 짧거나 길어지면 상황에 맞춰 조정하기로 했다.

· **탈락 행위**

- 휴대폰을 사용하는 경우

- 졸거나 잘 경우

- 웃거나 잡담하는 경우

- 노래를 부르거나 춤을 추는 경우

- 주최 측에서 제공하는 음료 외의 다른 음식물을 섭취하는 경우

- 기타 상식적인 멍때리기에 어긋나는 모든 행위

· **컬러 카드 사용법**

- 빨강 카드 : 뭉친 근육을 풀어주는 마사지 서비스

- 파랑 카드 : 목마른 선수를 위한 물 서비스

- 노랑 카드 : 더위에 지친 선수를 위한 부채질 서비스(첫 대
  회 때는 없었으나, 이후 생김.)

- 검정 카드 : 화장실을 가고 싶거나, 기권을 원할 경우

· **우승자 선정 방법**

- 예술 점수(관객 투표) + 기술 점수(심박 체크)

- 관객 투표를 많이 받은 10인 중, 가장 안정적인 심박 그래프
  를 보이는 선수가 우승
- 심박 체크는 10분 간격으로 재며, 각 선수별로 기록 용지에
  기록

경기 내내 시간을 체크하면서 선수들의 상태와 대회의
전반적인 분위기를 살폈다. 선수들은 나눠준 컬러 카드를
적절히 사용하면서 대회 안에서 나름의 유희를 찾았고, 의
사 가운을 입은 스태프들은 10분 간격으로 심박수를 확인,
기록했다. 지나가던 행인들도 신기한 듯 대회를 구경하다
관객 투표에 참여해주었다. 두 캐스터는 대본도 없이 즉석
에서 선수들의 멍때리는 상황을 유머러스하게 잘 중계했
고 모든 장면이 인터넷을 통해 생중계됐다.

40분이 지나 첫 기권자가 나오자 기자들이 우르르 그
선수에게 몰려들기도 했다. 멍때리기에 실패한 선수들은
경기장 밖으로 끌려 나갔다. 기권하는 선수도, 끌려 나가
는 선수들도 표정은 모두 밝았다. 여전히 자리에 앉아 있

는 선수들 사이를 오가며 나는 그들이 지루해하거나 힘들어하는지 살피면서 언제 종료 휘슬을 불지 생각하고 있었다. 어느덧 70분이 지났다.

"삐이익"

길게 종료 휘슬을 불었다. 휘슬을 불며 안도의 한숨까지 함께 내뱉었다. 첫 대회의 우승자는 9살 어린이였다. 뜻밖의 결과였다. 대회 내내 컬러 카드는 하나도 사용하지 않았고, 돌부처처럼 앉아만 있던 아이가 결국 트로피를 손에 쥐었다. 멍때리기 대회 우승 트로피는 로댕의 〈생각하는 사람〉을 본뜬 석고상에 갓을 씌우고 황금색 락카를 칠한 것이었다.

호명된 아이는 단상의 1위 자리에 서서 트로피를 들어 올렸다. 참가한 선수들과 스태프들, 그리고 취재를 나온 기자들도 박수를 쳐주었다. 시상식이 끝나자 여러 매체들이 아이의 수상 소감을 듣기 위해 카메라와 마이크를 들이댔다. 그동안 나와 저감독은 모든 참가 선수들에게 인증서를 수여하고 함께 기념사진도 찍었다.

마침내 끝났다. 끝냈다! 해냈다! 홍보 시작 후 대회 당일까지 한 달간의 긴장이 모두 풀리는 순간이었다. 생각한 대로 대회가 잘 치러졌다는 것만으로, 별다른 문제없이 마친 것만으로 충분했다. 어서 정리하고 집에 돌아가 침대에 벌렁 누워 나야말로 온전히 멍때리기를 하고 싶었다.

선수들이 어떻게 느꼈는지, 지켜보던 사람들은 어땠는지, 취재 나온 매체들은 어떤 것에 관심이 있었는지 많은 것들이 궁금했지만, 그런 것들에 신경 쓸 겨를도 없이 곧바로 대회장 정리를 시작했다. 그때 한 스태프가 달려와 말했다.

"포털 사이트 실시간 검색어 순위에 '멍때리기 대회'가 떴어요!"

몰라요

"멍때리기 대회가 성공한 이유가 뭐라고 생각하세요?"

인터뷰에서 종종 받는 질문이다.

"글쎄요, 일단 제목이 흥미를 끈 부분이 있는 것 같고요. 이런저런 사건, 사고로 사람들이 많이 지치고 경직되어 있을 때 열리게 되어 더 주목을 받지 않았을까 생각합니다." 그렇게 답하곤 하지만 대회가 잘된 이유를 정말로 알았다면, 아마 다음 프로젝트들도 계속해서 성공했을 것이다.

이후 '멍때리기 대회' 정도의 홈런을 친 적이 없는 걸로 봐서는 확실한 이유를 나 역시 모르고 있는 듯하다. 솔직히 특정한 이유가 있는지도 잘 모르겠다. 우연이라는 것이 하나둘 모여 만들어진 결과 아니었을까? 그냥 운이 좋았던 것 같다는 조금 힘 빠지는 답 말고 사람들이 수긍할 만한 해답은 여전히 찾지 못했다.

그래도 가끔 문화 기획 관련 강연에서 했던 말들을 여러분에게 살짝 들려드린다면, 어느 정도 설명이 되지 않을까 생각한다. 지극히 개인적인 경험에서 비롯된 결과이니 공감하시기 어려울 수도 있으나, 그냥 저 사람은 저런 식으로 생각하나 보다 정도로 이해해주시면 좋겠다.

우선은 내 돈 들여 내 마음대로 했던 프로젝트였다는 게 가장 큰 이유가 될 수 있을 듯하다. 보통 예술가나 문화 기획자들은 지원 사업에 선정이 되어 지원금을 받아야 받아 행사를 진행할 수 있다. 당연한 얘기지만 지원 사업은 목표와 성격이 제각각이다. 사업의 방향이 내가 하려는 프로젝트와 잘 맞는다면 더할 나위 없이 좋은 기회가 될 수 있다. 하지만 정해진 기준에 억지로 맞춰야 하는 사업이라면 채택이 되었어도 프로젝트 수행 과정이 즐겁지 않다.

'멍때리기 대회'가 지금은 어느 정도 사람들이 한두 번쯤 들어본 적 있는 이벤트가 되었지만, 2014년 첫 대회가 열릴 때만 해도 '병맛 대회', '한심한 짓거리'라고 깎아내리는 이들이 적지 않았다. 표준어도 아닌 말이 신문, 방송에 오르내린다고 불편해 하는 사람도 많았다. 그러니 만약 지원 사업을 통해 이 대회를 만들려고 했다면 이름에서부터 탈락이라는 빨간 줄이 그어졌을지 모른다.

지원 사업들이 엄격한 기준으로 진행되는 것 자체는 문

제될 게 없다. 공적인 기금을 예술인들에게 분배하기 위해서는 보편타당하고 합리적인 기준이 필요하니까. 하지만 오로지 내가 생각하는 가치와 예술적 유희를 타협의 대상으로 삼기 어렵다면, 그래서 지원서에 맞춰 프로젝트를 변형해갈 자신이 없다면 어떻게든 그냥 내 돈으로 판을 벌이는 게 좋다.

그 이유 중 하나는 번번이 영수증 같은 걸 모으지 않아도 되고, 구상이 좀 달라졌다고 수정 계획서 따위의 문서를 재작성하지 않아도 되니까. 자유롭게 프로젝트를 진행하는 과정에서 창의력은 더 커지게 되는데, 부족한 예산 내에서 결과를 뽑아내려 애쓰다 보면 아무래도 감수해야 하는 어려움이 많다. 눈치 보지 않고 배설하는 쾌감 속에서 스트레스를 덜 받고 작업하려면 아무래도 내 돈 쓰는 게 만만하다.

두 번째는, 아무도 나에게 관심이 없다는 걸 상기하며 작업하는 것이다. 창작 행위는 결과를 봐줄 사람이 없으면 무의미한 일이라고 해도 과언이 아니다. 그렇지만 과정 자체는 온전히 나만의 것이어야 한다. 누군가의 기대에 부응해서 잘하려고 노력하는 것도 나쁘다고 할 수는 없지만, 그런 상황에서는 내 작품에 온전히 집중하기 매우 어렵다. 여러 시선과 기대에 구속되어 창작의 자유도 움츠러든다. 작업을 할 때는 이 세상에 아무도 없는 것처럼 하는 것이 좋다. 세상이 나에게 기대하는 게 없다고 생각할 때 호응은 뜻밖의 이득이 된다.

세 번째는, 내가 즐거워야 한다는 것이다. 그래야 결과에서 더 자유로울 수 있다. 여기서 결과는 소위 말하는 '흥행'이다. 기운 빠지는 얘기지만 흥행은 운이 좌우하는 부분이 많다고 생각한다. 과정도 즐겁고 결과물도 만족스러웠는데 세상은 아무 관심이 없을 수도 있고, 나는 그냥 별생각 없이 가볍게 재미로 한 것인데 세상의 관심을 한 몸에 받게 될 수도 있다.

운이란 놈은 우리에게 이렇게 말하고 있는 것 같다.

"내 마음대로 할 거야."

그러니 즐겁게라도 하지 않으면 억울할 일이다. 즐겁게

한다는 말이 조금 모호할 수 있는데, 작업을 하는 내내 신이 난다는 뜻이 아니다. 힘든 줄도 모르고 작업에 몰입해서 기꺼이 어려운 과정을 지나갈 수 있는 힘이 생기는 것을 뜻한다. 운적인 요소는 아티스트가 어떻게 할 수 있는 일이 아니니 논외로 하고, 내 마음대로 할 수 있는 돈이 있는 것, 사람들의 무관심을 아무렇지 않게 생각하는 것, 결과를 떠나 내가 즐거움 속에서 작업하는 것, 이 모든 게 사실 쉬운 일은 아니지만 셋 중 하나만이라도 가능하다면 이전에 몰랐던 자유로움을 느낄 수 있을 것이다.

9년간의 멍때리기

올해 5월. 코로나19로 내내 열리지 못하던 〈멍때리기 대회〉가 모처럼 제주도 치유의 숲에서 개최되었다. 숲에서 대회를 열고 싶다는 제안을 받았을 땐 사실 좀 망설였다. 조용히 쉬라고 만든 곳에서 대회가 열린 적은 한 번도 없었다. 〈멍때리기 대회〉는 도심 한복판에서 바쁘게 움직이는 집단과 아무것도 하지 않는 집단의 시각적 대조를 만들겠다는 목적이 큰데, 숲은 그런 대조되는 풍경을 만들 수 없기 때문이다. 대회의 방향이 바뀔까봐 마음을 정하지 못하고 있었는데 서귀포시 양은영 주무관의 한마디에 마음이 바뀌었다. "현대인은 숲에서도 바빠요"

가끔 인터뷰에서 "작가님은 멍때리기 잘하시죠?"라는 질문을 받을 때가 있다. 이런 대회를 만든 사람이니 그 방법도 잘 알 거라 생각하는 것이다. 하지만 조금만 깊게 생각해보면 질문을 반대로 해야 한다는 걸 알게 된다. 건강한 사람들보다 아프거나 아파본 사람이 병원과 병에 대한 정보에 관심을 갖는 이유와 비슷하다. "아니에요. 오히려 멍때리기를 너무 못해서 만든 거예요. 게다가 대회를 만든 이후로는 더더욱 멍때리기를 할 시간도 없게 되었어요. 저도 제 대회에 참가하고 싶네요."라고 너스레를 떨며 대답하곤 한다.

2021년은 대회를 만든 지 7년째 되는 해다. 7년 동안 일년에 한두 번씩은 국내외에서 매년 대회를 개최해왔다. 그동안 여러 매체에서는 멍때리기가 창의력과 집중력에 도움이 된다는 정보를 많이 쏟아냈다. 멍때리기에 그런 효과가 있었나 싶어 사실 놀라웠다. 멍때리는 행위를 대회로 만들어 가치를 부여한 것은 세상을 조롱하고 바쁜 것이 미덕이라 생각하는 나를 포함한 사람들을 약 올리기 위함이었다.

"이것 보세요. 우리는 이렇게 아무것도 하지 않아도 상을 준다고요." 그러니까 생산적이고 유용한 행위만 가치가 있다고 받아들여지는 시대를 비꼰 것인데 세상은 진짜로 가치를 찾아냈다. 의도가 조금 빗나가긴 했지만 기쁜 것은 멍때리기 대회 이후 정말로 사람들이 멍때리며 아무것도 하지 않는 시간을 예찬하기 시작했다.

2013년부터 〈멍때리기 대회〉 같은 참여형 퍼포먼스를 비롯해 설치 작업, 공연, 출판 등의 작업을 주로 해왔던 나는 요즘은 그림 그리는 재미로 산다. 9년 전의 나로서는 상상하기 힘든 일이다. 사실 9년 동안 아예 그림을 그리지 않았었다. 회화 작가로서는 9년이나 멍때린 셈이다. 욕망과 집착이 즐거움을 덮쳐 그림을 그릴 수 없었다. '더 잘 그려야 하는데, 더 멋진 작품을 보여줘야 하는데, 사람들을 놀라게 할 전시를 해야 하는데, 나도 저 사람처럼 돼야 할 텐데 왜 안 될까.' 같은 생각이 점점 커지면서 그 좋아하던 그림 그리는 일이 어느덧 스스로를 초라하게 만들고 점차 지치고 우울하게 만든 것이다. 그런데 올해 다시 붓을 잡고 그리면서는 그동안 그림을 그렸던 어느 순간보다 편안하고 행복했다. 4월에는 9년 만에 회화 작품으로 세 번째 개인전도 열었고 좋은 반응도 얻었다. 멍때리기의 시간이 나에게 잃어버린 즐거움을 다시 찾아준 것이다.

물론 숲에서조차 바쁜 사람처럼 다시 욕망과 집착에 눈이 멀게 되면 그땐 불안해 않고 다시 멍때리기를 할 것이다. 고속도로를 달리는 자동차가 휴게소에 들리듯 당연하고도 자연스럽게 말이다.

멍때리고 나서

느긋하게 일어나 함께 사는 세 마리 고양이들에게 아침 캔을 따서 나눠 먹이고 다시 침대에 벌렁 누웠다. 몸을 배 배 꼬아가며 스트레칭을 하다가 휴대폰을 집어 들어 지난 밤에 온 이메일을 하나하나 열어보기 시작했다.

"안녕하세요. 저는 다큐멘터리 프로듀서입니다. 이번에 CNN에서 'OOOOO'라는 기획으로 다큐멘터리 시리즈를 제작합니다. 당신을 인터뷰하고 싶습니다. 혹시 한국에 가면 만날 수 있을까요?"

CNN에서 만드는 다큐멘터리의 섭외 이메일이라니. 이

게 무슨 일이지?

나는 지금도 카페 아르바이트를 하는, 항상 내일을 걱정하는 사람인데 '웁쓰양'이라는 이름은 훨훨 날아다니는 것 같았다. 누운 채 천장을 멍하니 바라보았다. 두 개의 삶이 달라도 너무도 달랐다. 사실 이번에 처음 있는 일은 아니다. 「워싱턴포스트(The Washington post)」, 「사우스차이나모닝포스트(South China Morning Post)」, 「가디언(The Guardian)」, 「쥐트도이체차이퉁(Süddeutsche Zeitung)」, BBC, NBC Left field 등등 세계 유명 매체에 기사가 실리거나 인터뷰를 하는 일이 종종 있었다. 매번 그런 대형 매체에 기사가 실릴 때면 당장이라도 무슨 일이 벌어질 것 같은 기대에 부풀곤 했었는데 반복되면서 깨달은 것은 어설프게 유명한 것은 돈이 되지 않는다는 사실이다. 오히려 시간이 지날수록 행사를 베끼는 사례만 늘어났다.

아르바이트하는 카페에 나와 커피를 내리면서 자꾸 우울하고 괴로운 감정이 들었다. 모처럼 다시 좋아진 그림을 그릴 시간도 좀처럼 확보되지 않았고 생활은 지난해보다 더 나빠진 것 같았다. '넌 도대체 왜 계속 여기에 있는 거야? 왜 벗어나지 못하고 있는 거야? 뭐가 두려운 거야?' 며칠이 지나도 우울한 감정에서 쉽게 벗어나지 못했다. '왜 이렇게 기분이 가라 앉을까? 원하는 대로 되어지지 않아서 그래? 사람들이 몰라줘서 그래?' 문득, 나는 내가 무척 겁이 많은 사람이라는 걸 깨달았다. 아티스트 '옵쓰양'은 도전적이고, 무모하고, 새로운 시도를 겁내지 않는 반면 '김진아'는 당장의 생활을 걱정해야 하는 소심하고 겁이 많은 사람이었다. 무언가를 쉬이 결정하지 못하거나 손해를 감당할 자신이 없어 어정쩡한 자세로 있곤 하는 것이다. 어쩌면 나는 옵쓰양이라는 사람과 김진아라는 사람을 분리해서 살았던 건 아닐까. 둘 다 잘하고 싶지만 현실은 둘 다 제대로 못하고 있었다. 결정을 해야 했다. 더이상 우울하기 싫으니 말이다. 카페 아르바이트를 그만두었다. 몇 가지 의뢰가 들어온 일도 거절했다. 리듬을 타기로 했다. 빠른 박자 혹은 느린 박자로 연주하거나, 혹은 변주를 하거나 잼을 하기도 한다. 때론 많은 악기를 사용해야 할 때도 있고, 하나의 악기로 무대를 장악할 때도 있다. 그런 다양한 리듬이 삶에 존재하고 지금의 나는 하나의 악기를 몰입해 연주해야 할 때라는 결정을 내렸다. 모든 리스크를 감당해보고, 당장은 예술가로서 하고 싶은 것에 집중하는 시간을 갖기로 말이다. 어떤 모험이 펼쳐질지 벌써부터 설렌다.

으차! 자리에서 일어났다. 커피 한 잔을 손에 들고 거실 책상 앞에 앉아 노트북을 켰다. 드디어 하루 일과 시작이다. 좋아, 먼저 그 CNN 다큐멘터리 제작팀에게 답장부터 보내자.

2021년 10월

'옵쓰양' 김진아

내일은 멍때리기

펴낸날   초판 1쇄 2021년 10월 22일

지은이   웁쓰양
펴낸이   심만수
펴낸곳   (주)살림출판사
출판등록   1989년 11월 1일 제9—210호

주소   경기도 파주시 광인사길 30
전화   031-955-1350   팩스 031-624-1356
홈페이지   http://www.sallimbooks.com
이메일   book@sallimbooks.com

ISBN   978-89-522-4320-1   03810